Minstagram

to san ga
ai.3

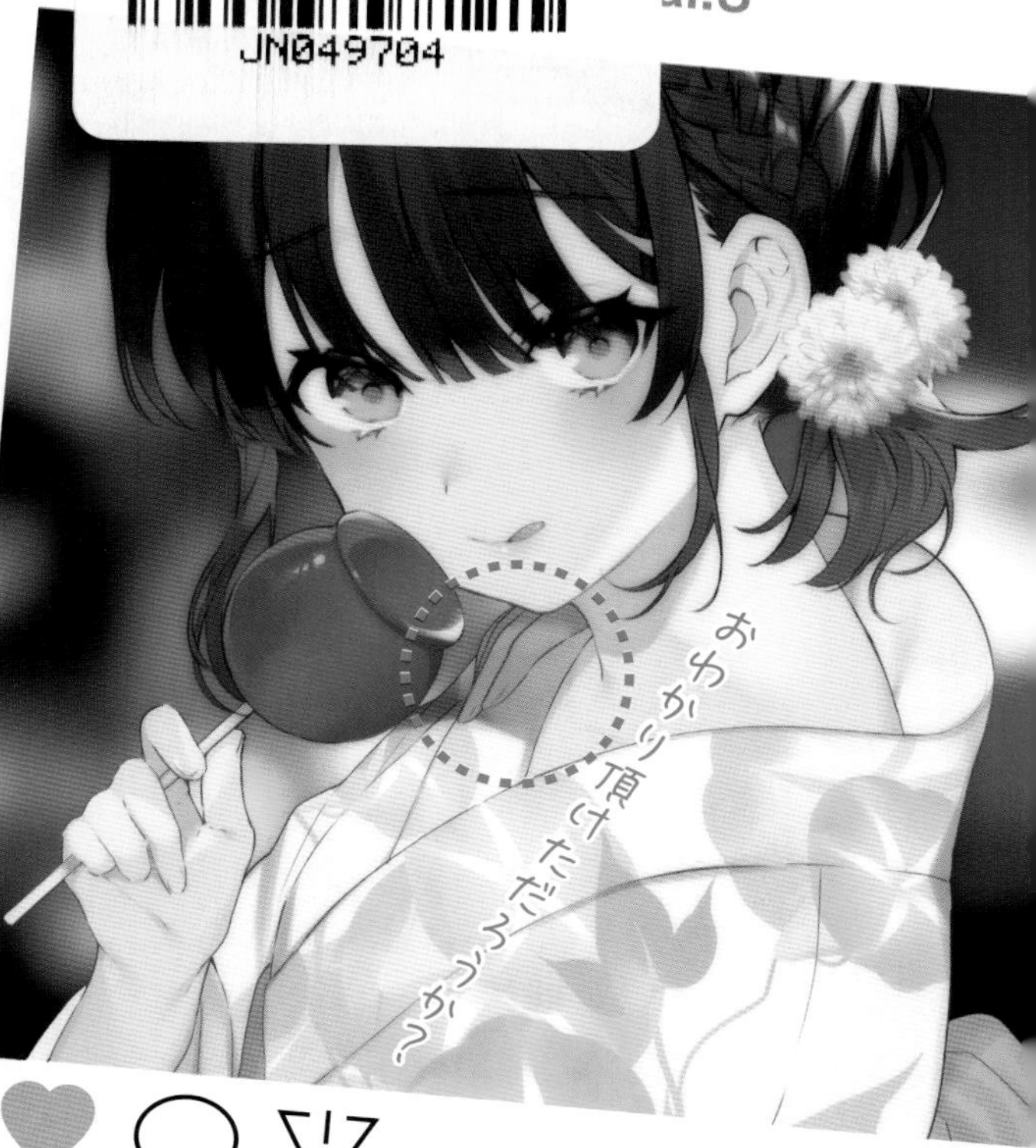

いいね！

塩対応の佐藤さんが俺にだけ甘い３

#著／猿渡かざみ　#イラスト／Aちき

contents

プロローグ
カレシだから
11

一枚目
カフェ〝潮〟
58

二枚目
絶叫お化け屋敷！
〝呪われた人形寺からの脱出〟
110

三枚目
cafe tutuji
216

四枚目
お祭り
238

もう一つの恋の話
258

佐藤さ

3

俺にだけ甘い

猿渡かざみ
Kazami Sawatari
イラスト／Aちき
Aiki

尾　颯太
しお　そうた】
校二年生。実家である
afe tutuji」の店員。

藤　こはる
とう　こはる】
校二年生。
称"塩対応の佐藤さん"

園　蓮
その　れん】
校二年生。
太の親友。

藤　凛香
どう　りんか】
学三年生。
はるの従姉妹。

園　雫
その　しずく】
の姉。
着屋「MOON」の店員。

津　麻世
づ　まよ】
の友人。
貨屋「hidamari」の店員。

崎円花
らさき　まどか】
校二年生。
川市に住むヤンキー風の少女。

尾　清左衛門
おしお　せいざえもん】
太の父。
afe tutuji」の店主。

haracters

プロローグ　カレシだから

♥ 八月一四日(金)

――〝cafe tutuji〟は知る人ぞ知る、桜庭《さくらば》市の隠れ家的ガーデンカフェだ。

隠れ家的、という表現にもちゃんと理由がある。

都市部からは少し離れていて、そのうえごく普通の住宅街に溶け込むような立地にあるためだ。なんの前知識もなしにここを見つけ出すのは、たぶん難しい。

しかし、このカフェを訪れる人は後を絶たない。

キラキラの女子大生グループに、子連れのママさん、それに素敵な老夫婦など……

文字通り老若男女問わず、カフェのテラス席はいつも人で賑《にぎ》わっている。ピークの時間帯なんかお店の外にまで行列ができるほどだ。

皆が皆、夢中なんだ。

四季折々の花たちで彩られたフラワーガーデンに。

まるでお伽噺《とぎばなし》の世界へ迷い込んでしまったかのような幻想的な空間に。

そしてもちろん――

「お待たせいたしました、ハニーパンケーキです」

この、パンケーキにも。

「わぁっ……！」

もう何度目になるのかさえ思い出せないぐらい注文したけど、思わず声が漏れてしまう。それほどまでに、この対面は感動的なのだ。

――ハニーパンケーキはcafe tutujiの看板メニューである。

最近台頭してきた、いわゆる「ふわとろ系」ではなく、表面はパリッと焼きあがって中はふんわりとしたオーソドックス・スタイル。

別添えのハチミツは店主の押尾清左衛門《おしおせいざえもん》さんが自ら厳選した、季節の花から採取されたものを使用している。ちなみに今の時期のハチミツはコクがあって、花の風味がしっかり生きている。

更にパンケーキはダッチオーブン（鉄製の小さなフライパンみたいなものを想像してほしい）で提供されるため、いつまでも熱々のふわふわが楽しめる。あとなによりダッチオーブンは見栄えがいい。まるで絵本に出てくるパンケーキみたいだ。

季節のフルーツや、ホイップクリームでドレスみたいに着飾ったパンケーキも好きだが、結局はこのベーシックなパンケーキに落ち着いてしまうもので――と、ここまで通ぶって語ってみたわけである、実況はわたくし佐藤《さとう》こはるがお送りいたしました。

「——佐藤さん、いつもありがとうね」

パンケーキを運んできた彼が、そう言ってにこやかに微笑《ほほえ》んだ。

笑顔とエプロンの似合う彼の名前は——押尾颯太《そうた》。

cafe tutuji店主の息子で、アルバイトで、なおかつ……その……私の、恋人である……。

「あっ、押尾君……」

と、彼の名前を呼んだところで途端に顔が熱くなった。

——ぜったい、さっきの「わぁっ」って聞こえてたよね!?

いつも頼んでるくせに「わぁっ」なんてあざといとか思われてない!?　それとも高校生にもなってパンケーキで「わぁっ」なんて子どもっぽいとか思われてたり、思われてなかったり
……!

「どうかした？　佐藤さん」

……なんて具合に、以前の私なら一人で勝手に暴走してしまっていたことだろう。

いや、実際ちょっとしかけてたけれど、でも今は……

「ううん！　なんでもないよ」

首を左右に振りながら、誤魔化《ごまか》し笑いをするぐらいの余裕はある。

他人から見ればきっと小さな一歩だが、私も進歩しているのだ！

そう！　押尾《おしお》君の、その、か、カノジョ、として……

……次からは心の声でぐらい、どもらず言えるようになりたい。

「ここ座ってもいい？」

人知れず落ち込んでいると、押尾君が爽《さわ》やかに笑いながら尋ねかけてきた。はっと我に返る。

「も、もちろん！　……でもカフェの方は大丈夫？」

「だいぶ客足も落ち着いてきたし、元スイーツ同好会の皆もいるから平気だよ」

スイーツ同好会。彼らは押尾君のお父さんの学生時代の知り合いで、最近はよくカフェの手伝いにきている。

押尾君のお父さんに負けず劣らず全員もれなくムキムキで、オシャレなカフェの中を彼らがエプロン姿で忙《せわ》しなく駆け回るさまは、なんというか……かなり衝撃的な光景だった。

何度も通ううちに最近は見慣れたけど、初見のお客さんはいつもビックリしている。

「それにバイト代をもらってるわけじゃないし、ちょっとぐらいサボっても文句言われないよ。ね、父さん？」

「マジでごめんね！」

押尾君が冗談っぽく言うと、遠くの方でテーブルを片付けていた清左衛門《せいざえもん》さんが答えた。なんだかよくわからないポージングとともに。

謝罪のポーズ……？　清左衛門さんの筋肉言語だけは未《いま》だによく分からない。

「佐藤《さとう》さん、最近よく来るよね」

押尾君が向かいの席に座りながら言う。

それ自体は別にやましいことではないはずなのに、なんだかどきりとした。

「そ、そうかなぁ……？　週二、三回ぐらいだよ……？」

嘘《うそ》である。夏休みをいいことに週四回は通っている。

「週二、三は多い方だよ」

押尾君がけらけらと笑った。私は恥ずかしさのあまりに俯《うつむ》きがちになりながら「こ、ここのパンケーキおいしいから……」なんて答える。

これは半分嘘である。

もちろんcafe tutujiのパンケーキは毎日食べたって飽きないぐらいに美味《おい》しい。でも、私の本当の目的は……言えるわけがない。

まさか「カフェの制服姿で働く押尾君が見たくて」だなんて……

「……どうしたの佐藤さん？」

「な、なんでもないよ……？」

自然と目が泳いだ。パンケーキの隣に添えられたお冷《ひや》のグラスみたく、顔中から嫌な汗が吹き出しそうだ。

言えるわけがない！　だって恋人の制服姿を見たいがためにお金を払ってるなんて！　あま

つさえ「写真撮らせてもらえないかな」とか考えてるなんて！　なんだかすごくいかがわしい感じがする！　変態と思われてしまうかもしれない！

「……わ、私パンケーキ好きなんだぁ」

不自然極まりない笑みを浮かべながら答えた。押尾《おしお》君もそれ以上は追及せずに「そ、そうなんだ……」とだけ言う。

誤魔化《ごまか》せてる？　これ誤魔化せてるよね？　誤魔化せてることにしておこう。

――ああ、やっぱり難しい！　この前の海への旅行をきっかけに少しぐらいは距離が縮まったと思っていたのに、いざ押尾君を前にするとたちまちポンコツになってしまう！

結局、あの一回きりでなけなしの勇気を使い切っちゃって、また何事もなかったかのように「押尾君」呼びに戻ってるし!!　なんだか進んだ分だけ飛び退《との》いている気がする！

「……佐藤《さとう》さん？」

――緑川《みどりかわ》の展望台での出来事を思い返す。

あの日の私は、ゲレンデマジックならぬビーチマジックの助けも借りて、押尾君を下の名前で呼ぶことに成功した。その結果――これは歴史に残る偉業だ――なんと私はあの、押尾君の照れ顔を引き出すことに成功したんだ！

「おーい、佐藤さーん……」

もう思い出すだけで動悸《どうき》がするぐらい恥ずかしかったけど、でもやったんだ！

つまり、こんな私でも本気を出せばそれだけのポテンシャルがあるということで、やってやれないことはなし、鳴かぬなら鳴かせてみようホトトギス……要するに……

——私はもう一度！　押尾君の照れ顔が見てみたい！

「ん……？　佐藤さん寝て……うわっ⁉」

私は切り分けたパンケーキを押尾君の口元へ突き出した。

ふふ……不意を突かれて驚いているようだね押尾君！

何故《なぜ》ならこれは恋人同士の鉄板シチュエーション、「あーん」の構え！

「あ、あ——ん……だよ、押尾君……」

震える声で言ったら、押尾君を赤面させるどころか私の顔面が発火しそうになった。

気を抜けば突き出したフォークにまで震えが伝染しかねないので、必死で押さえつけている。

——は、恥ずかしい！　これは思っていた百倍は恥ずかしいっ！

でも、当の押尾君は……

「……」

……無言のまま固まっている。

もしかしてこれ引かれてない……？　なんて血の気の引きそうな考えが一瞬頭をよぎったけれど、私はすぐにそれを振り払った。

なぜなら私は知っている！　この前の海の一件で学習したんだ！

私が恥ずかしいと感じているなら押尾《おしお》君もまた恥ずかしがっているはず！　両想いってそういうこと！　さあ、照れ顔を！　耳まで真っ赤になるぐらいの赤面を……！

「あむ」

「えっ」

——私は思わず間の抜けた声をあげる。

だって、押尾君が食べてしまったのだ。

発汗赤面どころか身悶《みもだ》えの一つもせず、ただそれが当たり前のことであるかのように、差し出されたパンケーキをぱくりと一口で。

いや、もちろんそれは「あーん」に対する正しい反応であるはずなんだけど……あるはずなんだけど……

「うん、やっぱり美味《おい》しいね、ありがと佐藤《さとう》さん」

押尾君に爽《さわ》やかにそう言われてしまっては、もう認めるしかなかった。

——ま、負けた！　完璧《かんぺき》に！

「ど、ドウイタシマシテ……」

津波のような恥ずかしさに襲われて、虫の羽音みたいなかぼそい声が口から洩《も》れた。

いや……それはもちろん押尾君が「あーん」に応《こた》えてくれてうれしいんだけど……う、うう……

……あれ？　というかこのフォーク、どうしよう……？

や、ヤバい！「あーん」が成功したあとのことを何も考えていなかった！

押尾《おしお》君が「あーん」したこのフォーク！　私がこれを使ったら、その、間接キスになっちゃうわけで……それはもう「あーん」よりも遥《はる》かにいかがわしいことで……でもだからといって、取り替えてくれるよう頼むのは押尾君に失礼で……！

「ああそうだ、佐藤《さとう》さん」

「はっ、はいっ!?」

今にもフォークが曲がるんじゃないかというほど全神経をフォークへ集中させていたものだから、名前を呼ばれた時は心臓が飛び出るかと思った。

押尾君はそんな私の心情を知ってか知らずか言う。

「夏休みの終わりに青海《おうみ》町で結構大きい夏祭りがあるんだけど、佐藤さん知ってる？」

「う、ううん、今初めて聞いたけど……」

「もしよかったら、一緒に行かない？」

「いいの!?」

思わず大きな声が出てしまった。

押尾君と夏祭りデート!?　そんな素敵なことが本当に!?

嬉《うれ》しさのあまり早くも舞い上がりそうになるけれど、すんでのところでこの前海に誘われた時のことを思い出し、おずおずと尋ねた。

「それは、その……ふ、二人で……？」

「もちろん」

「やった！」

押尾君が微笑《ほほえ》みながら言うので、私はいよいよ跳び上がりそうなぐらい喜んでしまった。

だって！　押尾君と二人きりでお祭りデートだ！

お祭りと言ったらあれでしょ!?　わたあめにチョコバナナ、りんご飴《あめ》にベビーカステラ……

あれ？　スイーツしか出てこない……

まぁ、なんにせよ楽しみだ！

「い、いつ行くの!?」

「えーと……お祭りは三日間なんだけど個人的には八月二九日の土曜日がいいと思うんだ、ちょうど中日で、いちばん賑《にぎ》わう日だから」

「八月、二九日……」

私は思うところがあって、その日付を復唱した。

八月二九日、たしかその日は……

「？　佐藤さんなにか用事でもあった？」

「……あっ、ううん！　そういうことじゃないの！　予定は何もないよ！」

私はかぶりを振ってこれを否定した。

うん、予定は特にない。しいて言うならその日だけはわけあって絶対に押尾《おしお》君と一緒にいたかった。だからこそその提案は私にとっても渡りに船だ！

「行こうよお祭り！」

「よかった、じゃあ予定空けておくね」

「あ、でも……」

「うん？」

「わ、私、この夏休み中ずっと押尾君と一緒にいる気がするんだけど……その、迷惑……だったりしない……？」

私の悪い癖《くせ》だ。こういうことを口に出すのはよくないと頭では分かっているのに、どうしても我慢できずに聞いてしまった。

押尾君は一度目をぱちくりさせて、にこりと微笑《ほほえ》み……

「——迷惑じゃないよ、佐藤《さとう》さんのカレシだもん」

「あっ」

「あっ？」

私はすすす、と流れるように顔を伏せた。

そして一口分欠けたパンケーキへ視線を落として、そのまま固まってしまう。

よ、よくない……これは……非常によくない……

「あれ、どうしたの佐藤さん？」

――赤面発汗。押尾君の顔が見られないっ……！

どうしていいか分からず、咄嗟《とっさ》に握りしめたフォークとナイフを使い、パンケーキを切り分けた。もう間接キスがどうこうというのは些末《さまつ》な問題だ。

これ以上この場にいたら、恥ずかしさでおかしくなる！

溶けたバターでしんなりしたパンケーキを一心不乱に口の中へ詰め込む。いつもは季節の花を眺めながら大事に味わって食べるパンケーキだけど、今はそんな余裕すらなかった！

私はとうとう過去最高の速さでパンケーキを平らげ、水で流し込んだ。

「ごっ、ごちそうさまでしたっ！」

ぱちんと両手を合わせて宣言し、すぐさまカバンの中をまさぐる。この間、私は一度も押尾君と視線を合わせていない。

「お、お会計、今払っちゃうねっ⁉」

このセリフも財布を取り出しながら財布に向かって言った。

「あ、ああうん……もちろんいいけど……」

畳みかけるようなトークに、押尾君もそれ以上は追及してこない。

誤魔化《ごまか》せてる？　これ誤魔化せて……いや！　誤魔化せてる！　絶対！

それと、繰り返しになるが私も進歩している。

すんでのところで、もしもここで恥ずかしさに負けてそそくさと逃げ帰っては——優しい彼のことだ——押尾《おしお》君に変な誤解を与えて、彼を傷つけてしまうかもしれないと気付いた。

だから私は「お祭り、本当に楽しみにしてるよ！」と一言添えたのだ。

ただし視線は財布へ向いたままなわけで、「怪奇！　財布に話しかける女子高生」という感じに見えなくもない。

……もしかして私はただ奇行に奇行を重ねているだけなのでは。そんな一抹の不安が脳裏をよぎった、その時のことである。

「あれ……？」

私は財布の中身を覗《のぞ》き込んだまま、ぴたりと固まってしまう。

内心の動揺が思わず声に出て、次いで青ざめ、自らの無計画ぶりを呪《のろ》った。

——端的に言って、お金がない。

いや、言葉の通りの意味じゃなくて、もちろん今日の分のパンケーキ代はある。あるにはあるけれど……二週間後、押尾君とお祭りを楽しむだけのお金が、ない。

原因は分かり切っていた。

——連日のcafe tutuji通いで、所持金が底をつきかけていたのだ！

「どうしたの？」

「えっ!?　ああ、うん！　なんでもないのっ！　あはは」

押尾君の声に誤魔化《ごまか》し笑いで応《こた》えて、ふるふると首を横に振る。

これは……これだけは押尾君に気付かれちゃいけない……！

知られたら最後「じゃあお祭りデートはナシだね」なんてことになりかねないから！

「お、お代金ここに置いておくね！　えーと、ぱ、パンケーキ美味《おい》しかったよ！　清左衛門《せいざえもん》さんによろしく伝えておいて！　あと、あと……お祭り！　ホントーに楽しみにしてるから！　じゃあごちそうさまでしたっ！」

私は一息に捲《まく》し立て、最後にぺこりとお辞儀をすると、すぐさまcafe tutujiを飛び出した。

茜《あかね》色に染まった町で、ひぐらしたちがマヌケな私を笑っているような気がした。

――だってしょうがないじゃん！　押尾君の制服姿見たかったんだもん！

いや、いや、もうそんなことを言っている場合じゃない！　期限はあと二週間なのだ！

「二週間で、なんとかお金を作らないと……！」

一瞬「ホストに貢いじゃう人ってこんな気分なのかなぁ」とか考えたけれど。途中から思考が見事に脱線してホスト姿の押尾君を妄想してしまい、そんな自分のあまりのバカさ加減に、ちょっとだけ落ち込んだ。

♠

佐藤《さとう》さんがcafe tutujiを去ったのち、俺、押尾颯太《おしおそうた》は……

「うぉぉぉ……」

悶《もだ》えていた。

椅子《いす》に座ったまま背中を丸め、犬みたいに唸《うな》りをあげていた。今日の一人反省会だ。

——佐藤さんのカレシだもん、って！　よくもまぁあんなキザなセリフが言えたものだ！

あと「あーん」も頑張って平静を装ったけど、あれで正解だったのか!?

佐藤さん、ずっとフォーク見つめてたし、もしかしてそもそもが冗談のつもりだったんじゃ……というか、間接キスが……

顔面は今にも火がつきそうなほど熱を持っていて、全身から変な汗がじわじわと浮き始めている。

赤面発汗——あと数秒佐藤さんと顔を合わせていたらヤバかった……！

「とっ、父さん……」

「なんだい颯太」

「俺、変なこと言ってなかった……!?　キモくなかったか……!?」

テーブルを片付けている最中の父さんへ尋ねた。

デジャヴだ。なんだか前にもこれと同じようなやりとりをした気がする。ただし父さんの反

応は芳しくなく、一度考えるようなそぶりを見せて、

「そういうの父さんに聞くの、よくないと思うな」

「うっ……!?」

一日三食パンケーキを食べるビックリ人間からあまりにも真っ当すぎる意見が飛び出してきたものだから、俺は思わずたじろいでしまった。

「ど、どうして突然正論を……」

「いやぁ、実は父さん、最近学生時代の同期と話したんだよ。そろそろ子離れしないとだねぇって、もちろん今でも颯太のことは広背筋と同じぐらい好きだけど」

「俺への好感度、部位と同じなの……?」

「でもまぁ、だからこそだよね。筋肉と同じでいつまでも甘やかしてはいられません、父さん筋肉を鬼にします」

「父さんの筋肉はもう鬼ヤバいよ……」

「どうしても聞きたかったらスイーツ同好会の皆に聞いてみることだね」

「同好会の皆……?」

なんだか嫌な予感がして、ゆっくりと振り返った。

すると——聞き耳を立てていたらしい——俺の背後でエプロン姿のマッチョ三人組が横一列に並んでポージングを決めていたものだから思わずびくっと肩を跳ねさせてしまった。

……心臓に悪いので、二度とやらないでほしい。

「え、ええと、同好会の皆さんはどう思いました……?」

なんだかいかにも聞いてほしそうな無言の圧力を感じたので、おそるおそる尋ねてみる。すると彼らは、にかっと笑い……

「甘いよ！」

「カレシ面《ヅラ》キレてるよ！」

「そこまでクサいセリフを言うには眠れない夜もあったろう！」

何故《なぜ》かボディビル大会の掛け声風に感想を述べられた。

……これはもう野次だろ！

「いや、カレシ面じゃなくて実際カレシなんだよ！　あとクサいとか言うな！」

「ナイスツッコミ！」

「指摘キレてるよ！」

「胸にちっちゃい初恋乗っけてんのかい！」

「うるさい！」

もうマトモに意思疎通もできないじゃないか！　聞いたのが間違いだった！

しかしそんなバカげたやり取りのおかげというか、せいというか。ともかく少しだけ冷静になれた。

そうだ、こんなところでウジウジ言っていても、結局そこの筋肉ウェイターたちに馬鹿《ばか》にされるだけだ。それよりも、佐藤《さとう》さんをお祭りに誘うことができた今、俺にはやらなきゃいけないことがあるんだ。

「この二週間で、なんとしてでも稼がないと……」

勝負は八月二九日、夏休みの終わりだ——

♥　八月一五日（土）

「そりゃあ、バイトするしかねえだろうな」

雑貨屋〝hidamari〟の店内。

私が一部始終を話すと、ハンガーにかかった服とにらめっこをしながら、金髪の彼女はそれが当たり前のことであるかのように言った。

——彼女の名前は村崎《むらさき》円花《まどか》ちゃん。先日海で知り合った、私の友達である。

目に痛いぐらいの金髪をポニーテールにして、耳には小さな赤いピアス、Tシャツにデニムショートパンツときわめてラフな格好で、けっこう近寄りがたい雰囲気がある。

でも見た目とは裏腹に案外優しいところもあって、この前の約束通り、わざわざ緑川《みどりかわ》から電車に乗って桜庭《さくらば》市まで私と遊びに来てくれたのだ。

それはともかく、

「アルバイト、かぁ……」

今まで自分とは縁遠いと思っていたその単語に、少なからず萎縮《いしゅく》してしまう。

いや、もっと正確に言うと想像したことすらなかった。人よりちょっとコミュニケーション能力に乏しい私が、アルバイトをする姿なんて……

「逆にコハルは今までどっから金出してたんだよ、颯太《そうた》のカフェだって週四なんて馬鹿《ばか》みたいな回数で通ってたら結構な金額になるだろ」

馬鹿みたいなって。

いや、実際その通りなんだけど、もう少しオブラートに包んでほしい……

「ええと……使わなかったお年玉をちょっとずつ切り崩して」

「お年玉ねぇ、そんなんでよくもつな」

「10歳の頃から手つかずだったから」

私が言うと円花《まどか》ちゃんが驚いたような顔でこちらに振り向いた。

なんだろ、その宇宙人でも見るような目は……

「……そんなヤツ、マジでいるんだな、ちょっとソンケーしたよ」

「尊敬？　円花ちゃん、私を尊敬してるの？」

「あ——、うん」

だったらせめて目を見て言ってほしいな。

「──ま、なんにせよアタシたちは高校生なわけだ。アタシはともかく、コハルはたぶん大学に進学するんだろ？　そしたら一人暮らしになるかもしれない。となると今のうちから金の扱いを覚えなきゃな。稼いで、使う。当たり前の話だ」

「す、すごい」

思わずそんな言葉が口をついて出てしまう。

進学、一人暮らし。どちらも私にとってはまだまだ先の話だと思っていた。しかし彼女は私と同い年なのに、すでにそこまで視野に入れているのだ。

尊敬どころか圧倒されてしまった。うっかり「村崎《むらさき》さん」呼びに戻りかけたぐらいだ。円花ちゃんは大人だなぁ。

「……というかまず大前提として」

「うん？」

「要するにコハルは自分の遊ぶ金が欲しいんだろ？　それだったら自分で稼ぐしかねえじゃん、金は自然と湧《わ》いてくるもんでもねえし、そもそも中学生の従姉妹《いとこ》はともかく、コハルの周りは皆働いてるだろ」

「うぐっ⁉」

いきなり攻撃力の高い言葉で殴られて悲鳴をあげてしまった。

せ、正論すぎるっ……！

確かに言われてみれば押尾《おしお》君はcafe tutujiで、三園《みその》姉弟はMOONで、麻世《まよ》さんはここhidamariで、そして円花《まどか》ちゃんは緑川《みどりかわ》にある道の駅のカフェでアルバイトをしている。同年代で働いていないのは、私だけだ。

それに気付いた途端、頭の片隅にあった「お父さんにおねだりしたらお小遣いくれたりしないかな？」という甘えた考えが、木っ端みじんに吹き飛んでしまった。

それどころか私だけ働いていないという事実に焦りさえ感じ始めてしまった！

「ど、どうしよう円花ちゃん……!?　私働いたことないっ……！」

「知ってるよ、コラ、服を引っ張るな」

「私でもできるお仕事ってあるのかなぁ……!?」

「あ――――、あるんじゃないか」

「ホント!?」

「世界は広いからな、コハルみたいなどんくさいヤツでも、どこかしらは雇ってくれるだろ」

「円花ちゃんの意地悪！」

けけけと笑う円花ちゃんに、頬《ほお》を膨らませて抗議する。

でも……改めて考えるとやっぱり不安になってきた。

確かに円花ちゃんの言う通り、私は人と比べてちょっとどんくさいところがあるし、なによりお祭りまであと二週間しかない。

ちゃんと働けるのか以前に、そもそも私を雇ってくれるところがあるのか、という大きな問題がある。

もし見つからなかったら、押尾君とのお祭りデートを十分に楽しむことができないだけでなく、あの計画がおじゃんに……

最悪の未来を想像して、今から胃が痛くなる。思考がすっかりネガティブになってしまって
「やっぱり私には無理なんじゃないか」という暗い考えまで浮かんできた。

そしてそれは顔に出ていたのだろう。円花ちゃんはちらと横目で私を見て、

「……ソータは喜ぶと思うぞ」

「えっ？」

「だから、カノジョが汗水流して稼いだ金で気合い入れてデートにきてくれたら嬉《うれ》しいだろ、誰だって」

「押尾君も……？」

「当たり前だろ」

きっぱりと言い切る円花ちゃんの姿は、とてもカッコよかった。

それに、これはきっと彼女なりの励まし方なんだろう。豪快な言い回しに、そんな不器用なところも相まって、なんというか……

「……円花《まどか》ちゃんって男らしいよね」

「ぶっ飛ばすぞ」

「あっ、またそんな乱暴なこと言ってぇ。私もそろそろ円花ちゃんのそういうの、照れてるだけって分かってきたんだからね」

「……」

黙りこくって目を逸《そ》らす円花ちゃん。

私はにまにま笑いながら彼女の顔を覗《のぞ》き込む。ほんのりと頰《ほお》が朱《あか》くなっているのを見て、私は更に口元を緩めてしまった。

ホントに素直じゃないなぁ、円花ちゃんは。

でも、やっぱりなんだかんだ言って円花ちゃんは優しい。彼女のおかげでやる気が出た。

特に「気合いを入れてデートに行けば押尾《おしお》君も喜ぶ」という部分にぐっときた！

そんなことを言われたら喜ばせたくなってしまう！　気合いを入れまくって、押尾君の照れ顔を引き出したくなってしまう！

あまつさえその顔をスマホで撮影して永久に保存したいとかそういう欲望まで湧《わ》いてきて、自然と顔がにやけてしまう。

「えっ、なんだ気持ちわるっ」

「円花ちゃん！　私、アルバイト探し頑張るよ！」

ふんすと鼻を鳴らして力強く宣言する。円花ちゃんは若干押され気味に「そ、そうか……頑張ってな……」なんて言っていた。

「――あら、こはるちゃんアルバイト探すの？」

ふと店の奥から声がして、私と円花ちゃんは同時に振り返る。

するとそこには、いつからいたのだろう？　ふわりとカールしたミディアムカットが特徴の、いかにも大人の余裕漂うお姉さんが佇《たたず》んでいた。

ここ〝hidamari〟の従業員、女子大生の根津麻世《ねづまよ》さんだ。

「ごめんね立ち聞きしちゃって。でも頑張って、応援してるから」

麻世さんはいつも通りの柔らかい笑みを浮かべながら、私を激励してくれる。

「は、はいっ！　頑張りますっ！」

私は再びふんすと鼻を鳴らして宣言する。さすがというかなんというか、彼女の笑顔から発せられるそこはかとない母性にあてられて、また一段とやる気が出てきた。

なんだか、本当にやれそうな気がしてきた！

「ところで円花ちゃんは何か気に入った服、見つかった？」

麻世さんがおもむろに円花ちゃんに尋ねる。

いきなり話を振られたせいだろうか。それまで難しい顔でhidamariに並ぶ服とにらめっこを続けていた円花ちゃんは、少しだけ言いづらそうに、

「麻世《まよ》さん、せっかくだけどアタシにこういう服は似合わないよ」

「こういう服？」

「なんというか……こういう可愛《かわい》い系の服。アタシじゃなくてコハルみたいに女子って感じのヤツが着るべきだと思う」

いきなり円花《まどか》ちゃんに「可愛い」なんて褒《ほ》められたものだから、ちょっと戸惑ってしまった。

まぁそれはともかくとして、麻世さんは相変わらず優しい笑みを浮かべながら「そう？」と首を傾《かし》げる。

「円花ちゃんも、着てみれば似合うと思うけど」

「仮にそうだとしても……」

円花ちゃんは俯《うつむ》きがちにフリルのついたワンピースをちらと見やって、一言。

「……こんな可愛い服着てたら、恥ずかしくて表歩けねえよ……」

――そういうところはメチャクチャ可愛いと思うけど。

今、言葉にせずとも私と麻世さんの心が通じ合うのが分かった。

「……本人が嫌だって言ってるなら、無理に着させようとするのはよくないわよね」

麻世さんが聖母のような笑顔で言って、それからある提案をする。

「じゃあそんな円花ちゃんにオススメのお店があるんだけど……」

「オススメって、ここかよ……」

　麻世さんオススメのお店を前にして、円花ちゃんはなんだか今までに見たことがないような複雑な表情を浮かべていた。

　hidamariから徒歩5秒。全体的にパステルカラーなhidamariとは打って変わって、ひときわ異彩を放つ赤塗りの店構え。看板には〝Europe Used Clothing MOON〟とある。

　言わずと知れた三園《みその》姉弟の実家——思いっきり身内のお店であった。

「ま、円花ちゃん……？　本当にここに入るの……？」

　私はというと、入り口のガラス戸を前にして本気で萎縮《いしゅく》してしまっていた。

　知り合いのお店ということを差し引いても、きっと円花ちゃんと一緒じゃなければ今すぐにでも回れ右していたことだろう。

　それほどまでに、私にとって古着屋というのはハードルが高いのだ！

「あ？　コハルはMOON入ったことないのか？　蓮《れん》の友達なんだろ？」

「とっ、友達……？　確かに蓮君は押尾《おしお》君の友達だけど、私自身はそこまで仲良くないよ……！　すれ違ったら挨拶《あいさつ》ぐらいはするけど……」

「一緒に海にまで行ったのに薄情なヤツだな……」

「ごめん、挨拶《あいさつ》はちょっと盛ったかも……ちらっと見るぐらいかも……」

「……今度から会釈ぐらいはしてやれよ」

だって蓮君《れん》怖いんだもん！

海の一件で「そんなに悪い人じゃないのかな？」とは思ったけど、それでも怖い！　あのイケイケオーラが怖すぎる！　マトモに目を合わせるので精一杯！

……というか流しかけたけど、さっきの円花《まどか》ちゃんの口ぶり。

「円花ちゃんはここ、入ったことあるの？」

「……昔桜庭《さくらば》にいたって言っただろ、その時少しだけな」

「あ、そっか……」

そうだ。忘れかけていたけど、円花ちゃんは小学生の頃に親の都合で緑川《みどりかわ》へ転校しただけで、元は桜庭市の出身なのだ。

しかもその頃に蓮君と交友があったというのだから、考えてみれば当然のことだった。

「どのみち帰るなんて無理だろ、せっかく麻世《まよ》さんに勧めてもらったんだから」

「そ、そうだよねぇ……」

「コラ服摑《つか》むなって。……はぁ、雫《しずく》さん絶対絡んでくるだろうな……あの人しつこいんだよな……」

円花ちゃんが、なにやらぶつぶつと言いながら、ガラス戸を開け放った。

私は雛鳥《ひなどり》のように、ちょこちょこと円花ちゃんの後に続いて「お邪魔します……」と小さく挨拶をしてから入店する。

――まるで小人になって、クローゼットの中に迷い込んでしまったかのような光景だった。

右も左も古着、天井にも古着、足元にはシューズがずらり。

オマケに店内は昼間だというのに薄暗く、絶えずお腹の底まで響いてくるような重低音の音楽が流れている。そして極めつけは、古着独特の埃《ほこり》っぽい臭《にお》いに混じるキツイお香の香り……

正直、かなり怖い！

小さい頃、好奇心からお化け屋敷に入って、お父さんに抱きかかえられながら半べそで逃げ帰ってきたことを思い出す怖さだ！

「あれ？　雫さんがいねえな……奥で作業でもしてんのかな」

その点円花ちゃんはさすがだ。まったく物怖《ものお》じしていない。

まるで友達の家にでも来たかのような気軽さ（あながち間違いでもないけど）で、誰もいない店内をずんずんと進んでいく。私は「ま、待って円花ちゃん……！」なんて情けない声をあげながら彼女の後ろについていくので精一杯だ。

「雫さーん!?　円花ですけどー！　いないんすかー!?」

店内を流れる爆音のＢＧＭに負けないよう、円花ちゃんが声を張った。

……返事はない。

「店空けてんのか？　不用心だな……」

「る、留守なら仕方ないよね!?　か、帰ろう円花《まどか》ちゃん!?　早めに！」

「ビビりすぎだろ……というか伸びるからシャツ引っ張るなって……！」

「――あれ？　円花じゃん」

私が円花ちゃんを急《せ》かしていたところ、すぐ近くから声がした。どうやら彼はカウンターの裏で屈《かが》んで作業をしていたらしく、ちょうど私たちからは死角にいたのだ。

そう……彼だ。

声がした方へ振り向いて彼を見るなり……円花ちゃんはびしりと固まった。それこそ金縛りにでもあったかのように。

そして引きつったような声で、彼の名を口にする。

「れっ、レンっ……!?」

押尾《おしお》君の親友にして私のクラスメイト、そして――円花ちゃんの昔好きだった人。

三園蓮《みそのれん》君がカウンターから顔を出していた。

「あ、佐藤《さとう》さんもいるじゃん、やっぴー」

「……や、やっぴー」

私は円花ちゃんに言われた通り、ぺこりと会釈をする。

やっぱり私は日夜進歩しているのだ。円花ちゃんの陰に隠れながら言う私を見て、蓮君はなんだか微妙な顔をしていたけれど。

「えーと……円花はわざわざ緑川《みどりかわ》から遊びに来たのか？　この暑い中スゲーな」

「どっ、どうしてレンがいるんだよ!?」

円花ちゃんが会話の文脈を無視して言う。

さっきまであんなに頼れる彼女だったのに、今となっては声も震えて、若干腰が引けている。私の目から見ても「今すぐにでも逃げ出したい」という気持ちが丸わかりだった。

「どうしてって……一応ここ俺の家だぜ？　別におかしくないだろ」

「だ、だってレン、古着屋の手伝いなんて死んでもやらねえって言ってたじゃねえか！」

「……円花よくそんな昔のこと覚えてんな、最後に遊びに来たの小学校の頃だろ？」

「あ、う……！」

どうやら円花ちゃんは墓穴を掘ってしまったらしい。「あうあう」言いながら、あからさまに狼狽《ろうばい》してしまっている。

実際私も感心してしまった。まさか小学校の頃のことを未《いま》だに覚えているなんて。

……いや、考えてみれば当然のことか。

今更こんなことを言うまでもないのかもしれないけれど——十中八九、円花ちゃんはまだ蓮君のことが好きなのだ。

「いつもは姉ちゃんが店番やってるんだけどさ、今朝になっていきなり『暑いから仙台《せんだい》でずんだシェイクが飲みたい』とか言い出した挙句、店番ほっぽってバイクで仙台《せんだい》行っちまったよ。マジでいい迷惑だよな」

い、言いそう……。常に我が道を行く彼女が、いかにも言いそうなセリフだ……というか雫《しずく》さん、こんな猛暑の中バイクで仙台まで……？

「だから今日は俺が店番、めんどいけど」

「そ、そうかよ……」

「で？　二人はなんか買う物があって来たんじゃないのか？」

「い、いや、別に！　わざわざ桜庭《さくらば》まで来たからちょっと挨拶《あいさつ》しにきただけだよ！」

「？　殊勝なヤツだな……」

「私も成長してんだよ！　じゃあ用は済んだから帰るな！　ほら！　コハル行くぞ！」

「えっ、ちょっ！　円花《まどか》ちゃん服は……！」

有無を言わさず、腕を摑《つか》まれる。

円花ちゃん本当に帰るつもりだ！　蓮君《れん》と顔を合わせているのが恥ずかしいからって！　私にあれだけ偉そうなこと言ってたくせに！

……そうはいかない！

「ふんっ！」

「なっ……!?」

　ただ腕を引かれるだけだった私は、咄嗟《とっさ》にその場で踏みとどまって円花ちゃんを足止めした。この裏切りにはさすがの円花ちゃんも驚いた様子である。

「ちょっ、コハル!?　オマエなにやってんだ!?」

　ぐいぐいと腕を引っ張られる。さすがヤンキーなだけあって（？）円花ちゃんの力はかなり強いけれど、私だって負けるわけにはいかない……！

「せっ……せっかく来たんだからちゃんと見ていこうよっ……！　用事済んでないよ……！まだ円花ちゃんの服選んでないでしょ……！」

「お、おいコハル!?　おまっ……」

「――れっ、蓮君っ！　円花ちゃん新しい服探してるんだけど、選んでくれないかなっ!?」

「コハルばかっコラ！」

　危うく赤面した円花ちゃんに頭を叩《たた》かれかけたけど、もう遅いもんね！

　蓮君は私から名指しでお願いをされたのが不思議だったのか、一度目をぱちくりとさせたけど、すぐに納得した様子で、

「そういえば円花、ウチで服買ったことなかったな……わかった、いい感じに選んでやるよ」

「えっ……！」

　円花ちゃんが濁った声をあげた。

　この時の彼女の青ざめた顔ときたら、私は一生忘れないことだろう。

「い、いやっ……でもここって男物ばっかりだったはずじゃ……」

「昔はな、最近はレディースも扱ってんのよ。それにちょっとカッコイイ系の方がお前好みだろ？」

「そ、そりゃそうだけど、でもほらレンのとこの服高いだろ⁉　アタシ今そんなに持ち合わせがないから……」

「心配しなくてもなるべく安いの選んでやるよ、あと今日は30℃超えたから猛暑割引で30％オフ」

そんな割引まであるの⁉　と私までびっくりしてしまった。

でも、なんにせよこれで円花《まどか》ちゃんの退路は完全に断たれた。その証拠に円花ちゃんは金魚みたいに口をぱくぱくやっているだけで、次の帰る理由を見つけられないようだ。

そして挙句の果てに、助けを求めるような目で私の方を見てきたので……

「——私ならいくらでも待ってられるよ！　暇だし！」

と、元気いっぱいに答えてあげた。

すると円花ちゃんの眼光が刃物みたいに鋭くなったような気がしたけれど、多分、それは気のせいだろう。ああ、いいことをすると気分がいいなぁ。

「あとで覚えてろよコハルっ……！」

聞こえない、聞こえない。

　たちまち借りてきた猫のようにおとなしくなってしまった円花ちゃんを相手に、蓮君《れん》が一式服を選んであげて「じゃあ試しに着てみろよ」と試着室に押し込んだのがついさっき。

　私が毛の生えた不思議な靴――蓮君曰《いわ》くシールファーといってアザラシの毛皮を使っているらしい。二回撫《な》でた――に釘付《くぎづ》けになっていると、しゃああっと音が鳴って試着室のカーテンが開かれる。

　私は装いを新たにした円花ちゃんを見て、思わず目を丸くした。

「す、すごっ……！」

　一瞬、試着室の中で手品みたく円花ちゃんと知らないモデルさんが入れ替わったのかと思ったほどだ。

　実際、ポニーテールをほどいて髪を下ろしていたし、円花ちゃんがちょっと恥ずかしそうに頰《ほお》を搔《か》いていなければ、本気でそう勘違いしていたかもしれない。

　――か、カッコいい！　あまりにもカッコよすぎる!?

「持ち合わせがないって言ってたから、デニムのショーパンはそのままにして、上をそれっぽく見繕ってみた。UKロックバンドのTシャツに、カーキの薄手ミリタリジャケット、靴はハイカットのスニーカー。ジャケットはペイント加工がしてある一点もので、世界にこれ一つしかないんだよ」

蓮《れん》君が自慢げに言って、円花《まどか》ちゃんが羽織ったジャケットを指す。

確かに背中に白文字で手書きの英文が並んでいるが……オシャレに疎《うと》い私でも、何かそれがとてつもなくカッコいいものだということだけは分かる！

なんせ今の彼女のファッションは、まるで最初から彼女のためだけに用意されたかのように、完璧《かんぺき》に似合っているのだから！

「円花ちゃんすごい似合ってるよ！　カッコいい！」

「そ、そうか……？」

お世辞とかではなく本心からの評価だ。今の円花ちゃんならきっとブロードウェイの真ん中を堂々と歩いていても違和感はないだろう！

「いい感じだろ？　円花は足長いから服が合わせやすくて助かるよ」

「……」

蓮君がさらりとそんなことを言って円花ちゃんを赤面させたので、私はひそかに「イケイケの人は違うなぁ」なんて思ったりもする。

ただ――当の本人だけはどことなく落ち着かない様子だ。さっきから下ろした髪の毛先をくりくりと指でつまんだりしている。

The

「……あんまり気に入らなかったか？」

円花《まどか》ちゃんがはっきりとした感想を述べないことで不安になったのか、蓮君《れん》は尋ねた。円花ちゃんはちらと鏡に目をやり、おずおずと尋ね返す。

「……レンは、こういう服が好きなのかよ」

――い、いった！

傍《はた》から見ていた私は、ひそかに心の中でガッツポーズを作った。

一方これを受けて蓮君は少しの間をあけて、少年のように無邪気な笑みを浮かべる。

「もちろん好きだぜ、だってカッコいいじゃん」

「そっか……」

その時、円花ちゃんが一瞬だけすごく複雑そうな表情になったけれど、すぐに元の調子を取り戻して、

「選んでくれてありがとな、全部買うよ、いくら？」

「気前いいじゃん、ちょっと待ってな」

蓮君が懐からスマートフォンを取り出して電卓アプリを立ち上げた。

円花ちゃんはそんな蓮君の横顔を、なにやら意を決したような表情で見つめている。蓮君がそれに気付いている様子はなく、ディスプレイを指でかつかつ叩《たた》きながら言う。

「……そういえば円花さ」

「……うん」

「今度、青海《おうみ》で夏祭りがあるんだよ」

「……そうか」

「それが結構デカい祭りなんだけど、円花も来るか？」

「行くよ」

「……ええと、ジャケットにTシャツ、スニーカーに猛暑割が30％オフで……」

「――レンが働いてるとこ、初めて見たけどカッコよかったぞ」

蓮君が電卓を叩く手をぴたりと止めて、驚いたように円花ちゃんを見る。

円花ちゃんは――どこか勝ち誇ったような、それでいて引きつった笑みを浮かべながら言った。

「アタシの勝ちだな」

「……何言ってるか分からん。ほら、会計」

そう言って自らのスマートフォンを差し出してくる蓮君の顔が、どことなく悔しそうに見えたのは私の気のせいだろうか。

円花ちゃんはお会計を済ませると、足早にこちらへやってきて……

「行くぞ」

「ちょ、わっ!?」

私の手首を摑《つか》んで、有無を言わさず店の外まで引っ張り出した。

新鮮な空気と引き換えにむわりとした熱気が私たちを包み込み、私はそこでようやく解放される。まるで子ども扱いだ。

円花《まどか》ちゃんは膝《ひざ》に手をついて、荒い息を何度か吐き出したのち、きっとこちらを睨《にら》みつけて
……あ、これは本気で怒られる気がする！

「コハル！　さっきはよくも……！」

「――そういえば円花ちゃん、さっきさりげなく蓮君《れん》とお祭り行く約束してなかったっ⁉」

私は咄嗟《とっさ》の判断で防御の姿勢を取りながら、苦し紛れに言った。

「は⁉　アタシがいつそんな……」

そこまで言いかけて、円花ちゃんが口を噤《つぐ》んだ。

攻撃がこないので、恐る恐る半目で彼女の様子を窺《うかが》うと……円花ちゃんは青ざめていた。

どうやらさっきの蓮君との会話では上の空だったらしい。今になって会話の内容を思い出したようだ。

「え……？　ホントだ、アタシさっき祭りに行くって……でも別に蓮と行くとは……」

「か、会話の流れ的に一緒に行く感じだったよあれは……」

「マジかぁ……っ！」

円花ちゃんが悶《もだ》えている。

こんなにもカッコいいファッションの女の子が、好きな男の子とのデートを想像して道の真ん中で慌てるさまは、なんというかかなり新鮮で、私も思わずにやけてしまった。

「……お祭り楽しみだね！　お互いに！」

「っ……！」

円花ちゃんが再びこちらを睨みつける。

今度こそ頭を叩《たた》かれるのではないかと身構えたけれど、意外にも円花ちゃんは一度深呼吸をして、にこりと笑った。

なんだかすごく不自然な笑顔だったので、かえって不気味だ。

「……なぁコハル、確かバイト探してたよな」

「そ、そうだけど……」

「ウチで働いてみないか、ほら、緑川《みどりかわ》の道の駅にあるカフェで」

「えっ!?」

まったく予想だにしていなかった展開に、思わず前のめりになる。

「い、いいの!?」

「ああ、ちょうど今繁忙期だから、臨時でアルバイトを募集してるんだよ」

「いつ!?」

「明日だけど、ちょっと急か？」

「ぜ、ぜんぜん！」

むしろこんなにトントン拍子で話が進んでありがたいぐらいだ！

「じゃあ決まりだな、明日はよろしく」

「うん！」

私は元気よく返事をして、喜びのあまり今にも小躍りしそうになってしまった。

まさかこんなにも早く、しかも知り合いのバイト先で働けるなんて！

これで押尾《おしお》君とお祭りデートに行ける！　やっぱり持つべきものは友達だよね！

嬉《うれ》しそうにする私を見て、円花《まどか》ちゃんがにやりと口元を歪《ゆが》めたような気がしたけど、たぶんこれも気のせいだと思う。

♣

円花と佐藤《さとう》さんが帰ったのち、俺は誰もいなくなった店内でふぅと息を吐いた。

「あっぶね……不意打ちしてくんなよ円花のヤツ……」

店を訪ねてきたのもそうだが、正直完全に油断していた。

祭りへ誘ったのも少しからかうだけのつもりだったのに……顔には出なかったとは思うが、動揺してしまってうまい返しもできなかったのが割りと本気で悔しい。

俺の知ってる円花はああいうことを言ったりするようなタイプじゃなかったんだけどな……

「……時間が経てば、やっぱり色々変わるんかな」

ぽつりと独りごちたその時のことだ。突然、勢いよく店のガラス戸が開かれて、心臓が跳ねてしまった。

「うおっ、なんだ……？」

「れっ、蓮君《れん》！　ごめん、一つ聞き忘れたことがあって……！」

「……佐藤さん？」

意外な人物の再登場に思わず目を丸くしてしまう。円花の姿はない、佐藤さん一人だ。

佐藤さんが俺に聞きたいこと？

見当もつかず眉《まゆ》をひそめていると、彼女は——俺が暴漢か何かにでも見えているのか？——びくびくと目を泳がせながら言った。

「その……お、押尾君が今一番欲しい物って、なにか分かる……？」

「颯太《そうた》が欲しい物……？」

いきなりなんだ？　と思いかけて……納得した。

そうか、もうそんな時期か。

そしてわざわざ俺に訊《き》くってことは、要するにそういうことだよな。

……佐藤さん、意外とちゃんと彼女っぽいことしてんじゃん。

「そうだな、一番欲しいもんかは知らねえけど……この前、バイト中に腕時計が壊れて困ってるって言ってたかな」

「腕時計……！　ち、ちなみにメーカーとかは」

メーカーて、せめてブランドって言ってくれよ。

「あ――……特には言ってなかったけど、いや」

いいことを思いついた。颯太《そうた》のことだからきっと佐藤《さとう》さんからもらったものならなんでも馬鹿《ばか》みたいに喜ぶだろうけど、ここはひとつ颯太に貸しを作っておこう。

「――CWってブランドの腕時計がいいと思う、人気のモデルだし、シンプルなデザインだから男女問わずどんな服にでも合わせやすい」

「CW……初めて聞いた」

「2万もあれば買えるよ」

「2万、2万円ね……！　ありがとう蓮君《れんくん》！」

「どういたしまして」

佐藤さんがぺこりと頭を下げる。俺はそんな彼女の慣れないお礼に苦笑して、手元のスマホへ視線を落とした。

なんだ、佐藤さん、颯太が絡むと普通に俺とも話ができるじゃん。

学校でもそうしてりゃ「塩対応の佐藤さん」なんて不名誉なあだ名もつけられずに済んだろ

うにな、なんてスマホをいじりながらしみじみ思う。

「あの……蓮君？」

「ん？　佐藤さん、まだいたの？」

「その……もう一個聞きたいことがあったんだけど……」

「なに？」

「……猛暑割引なんて本当にあるの？」

驚いて佐藤さんの顔を見る。

どうやら純粋に疑問に感じているだけのようで、きょとんとした顔をしていた。

「……あるよ、何か買いたい服でも？」

「う、ううん！　ちょっと気になっただけなの！　その……改めてありがとう蓮君！　今度また円花《まどか》ちゃんと来るから！」

「……またのお越しを」

今度こそ佐藤さんは店を出て、ぱたぱたと走り去って行った。

再び誰もいなくなった店内で、俺は一人大きな溜息《ためいき》を吐き出す。

「意外と鋭いんだか、なんなんだか……」

……案外、円花が変わったのは佐藤さんのせいだったりしてな。

そんなことを考えながら、俺は自らの財布を取り出して30％分をレジへ戻す。彼女もまた、俺の要注意人物リストに入れておこう……

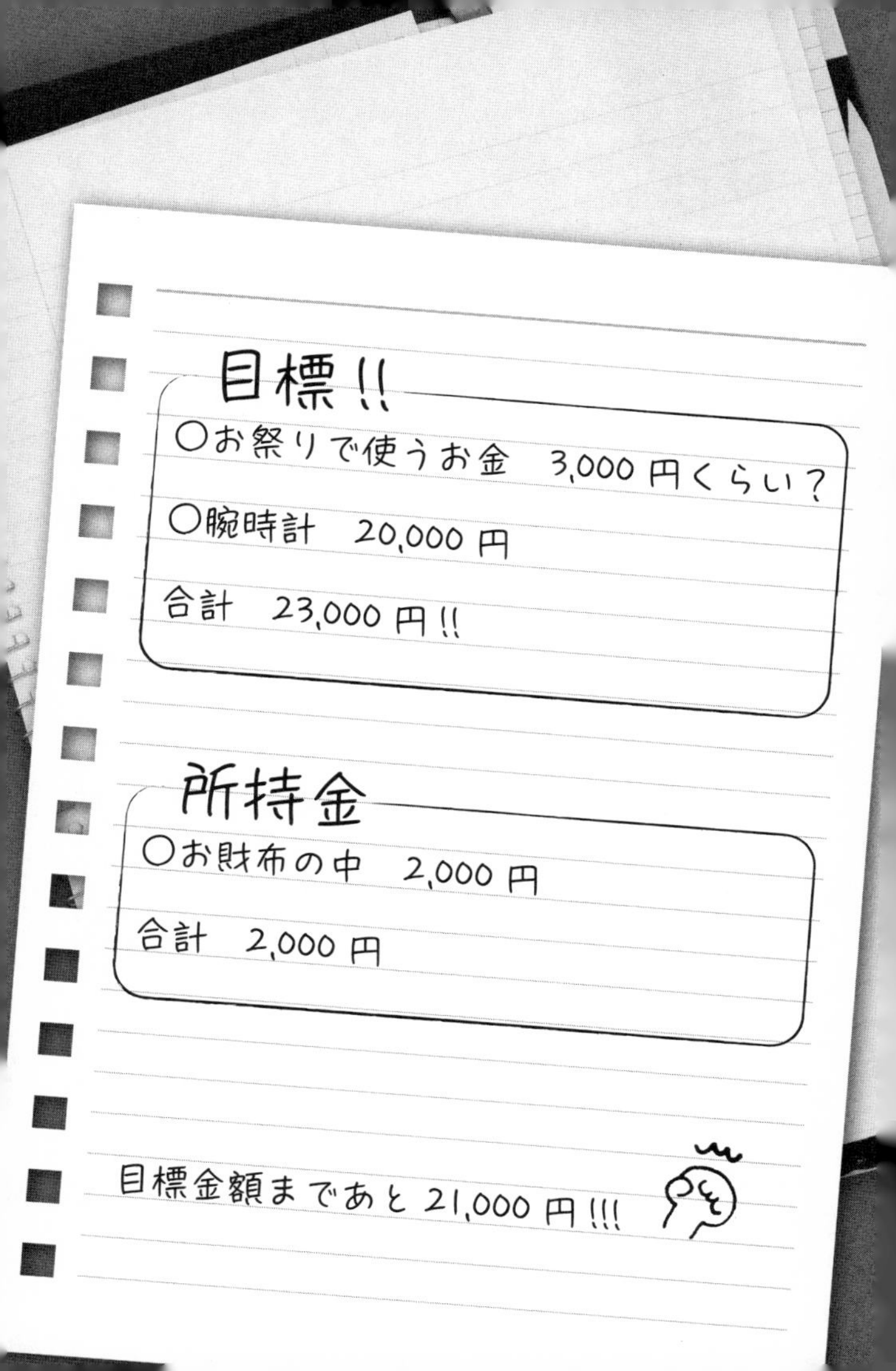
目標!!
○お祭りで使うお金　3,000円くらい？
○腕時計　20,000円
合計　23,000円!!
所持金
○お財布の中　2,000円
合計　2,000円
目標金額まであと21,000円!!!

一枚目　カフェ〝潮〟

♥ 八月一六日（日）

本音を言えば、以前からカフェで働くことに憧《あこが》れがあった。

だからこそ円花《まどか》ちゃんからアルバイトに誘われた時、私は小躍りしそうになるぐらい喜んでしまったのだ。

だって考えてもみてほしい。押尾《おしお》君もそうだけど、カフェの店員さんっていうのはいかにもオシャレな高校生という感じがする！

なんなら「カフェの店員」という響きがすでに良いからね！

今日から自分の肩書きに「カフェ店員」が書き足されると思うと、やっぱりちょっとにやけてしまって、でもその一方で「初バイト緊張するなぁ」なんて不安もあり、またその一方では「お祭りデート楽しみだなぁ」なんて思ったりしている。

分かりやすく浮かれていた。

そんな感じで、緑川《みどりかわ》行きの電車に揺られ、円花ちゃんの働くカフェ〝潮《うしお》〟にたどり着いた私であったが……

「……カフェ？」

頭に浮かんだ疑問が、そのまま口に出てしまった。

——緑川駅と直結した二階建て道の駅、その二階に〝潮〟はあった。

大きく開かれた窓からは朝の光を返してキラキラと輝く緑川の海が一望でき、開放感のある店内にはかすかに波音が届いてくる。ここまではいい。ただ……

私はちらと壁を見やった。

そこには……いったいいつのものだろう。ビキニを着たお姉さんがビールジョッキを掲げてこちらへ笑いかける、色褪《いろあ》せたポスターが貼られている。

極めつけは、その隣に貼り出された手書きのメニュー表。

……豪快な筆文字で〝海鮮丼《かいせんどん》　９００円〟と書いてある。

どちらかといえば「御食事処《おしょくじどころ》」という感じで、少なくとも……

「カフェじゃない……」

「カフェだよ」

私の呟《つぶや》きに円花ちゃんが答えた。「だってほら」そう言いながら、彼女は業務用のコーヒーマシンを指でこんこんと叩《たた》く。

「コーヒーがあるだろ」

「その理屈で言えば自販機だってカフェだよ！」

「細けえなぁ、従業員も飲み放題なんだぞ、コーヒー」

「私コーヒー飲めない……」

つんと唇を尖《とが》らせた。もちろん働く場所が「御食事処《おしょくじどころ》」でもありがたいことには違いないけれど、これではさすがに肩書きに「カフェ店員」とは書けないだろう……もうお母さんに自慢しちゃった……

私は若干腑《ふ》に落ちないものを感じながらも、エプロンを身に着けた。

ちなみに今日は円花《まどか》ちゃんに動きやすい格好を、と言われていたので、私にしてはかなりラフな格好できている。円花ちゃんはいつも通りTシャツにショートパンツ、その上にエプロンをかけている。

若干解釈の不一致はあったけれど、ともあれ、これが私にとって人生初のアルバイトであるということには変わりない。エプロンのヒモを締めるのと同時に、気も引き締まった。

「よし、準備できたな、じゃあ店長に挨拶《あいさつ》しに行くぞ」

「う、うん……！」

円花ちゃんが私を先導して、厨房《ちゆうぼう》へ向かう。

ああ、緊張してきた！　できれば優しそうな人だといいけれど……

……という願いは、厨房に彼を見つけた瞬間、粉々に吹き飛んでしまった。

正直な話をすれば「見つけた」というより「目撃してしまった」という表現の方が正しいのではないかと思ってしまったほどだ。

――巨大な、とてつもなく巨大な老人が厨房で仁王立ちになっていた。

例えば、押尾《おしお》君のお父さんは私の知る中でもかなり大きい。でも、彼はそれよりもさらにひとまわり巨大なのだ。

サンタクロースみたいにたくわえた白髭《しろひげ》を見る限り年は60歳を超えているんだろうけど、服の上からでも分かるほどパツパツに筋肉が張り詰めている。しかも私の足よりも太そうな腕には、びっしりと無数の細かい瑕《きず》が走っていて……極めつけは、顔の傷跡だ。

巨大な一本の傷が額から始まり、左目を横断して、顎《あご》まで伸びている。

それでいてこちらを見下ろす眼光は、静かながらも刃物のように鋭いのだから、私はちょっと生命の危機を感じざるを得なかった。

こっ、怖すぎる……！

まるで兎《うさぎ》みたいに震えていると、円花ちゃんから肘《ひじ》で脇腹《わきばら》を小突かれた。

「……おいコハル、何固まってんだよ、店長に挨拶」

ちょ、ちょっと悲鳴をあげようか迷ってたけど、やっぱり店長だよねこの人……？

私はあまりの恐怖に卒倒しそうになるのを堪《こら》え、勇気を振り絞る。

「さ、佐藤《さとう》こはるですっ！　ここでバイトすることになりましたっ！　初めてのアルバイトなのでもしかしたら至らない点があるかもしれませんがっ……！　どうか、よろしくお願いします!!」

若干、語調に命乞《いのちご》いのテイストが入ってしまったものの……なんとか言えた！

店長が傷のある目でぎろりとこちらを睨《にら》みつけてくる。殺さないで、と咄嗟《とつさ》に口走りそうになったその時、彼の白髭《しろひげ》がもそりと動いて、

「……潮源《うしおげん》」

恐らく、名前だろう。潮さんは低い声でそれだけ言うと、なにやら厨房《ちゅうぼう》での作業に入り始める。視線が外れた途端、どっと嫌な汗が吹き出した。

し、心臓がバクバクいってる……

「挨拶《あいさつ》は済んだな。じゃあ店長！　アタシとコハルで表に出るからあとよろしく！」

潮さんが作業をしながらこくりと頷《うなず》く。

「ほら行くぞコハル」

「ま、待って腰が抜けて……」

「？　なに言ってんだ？　ほらシャキッとしろ、もうすぐ開店時間だぞ」

「えっ!?」

私は驚きのあまりに声をあげてしまう。

「れ、練習とかないの!?　いきなり本番!?」

「ねえよそんなの！　注文取って料理運んで！　空いた時間は皿洗い！　そんだけだ！」

「ざっくりすぎる!?」

「ほら来たぞ！　アタシの真似《まね》しろ！」

円花《まどか》ちゃんがカフェの入り口を見て「いらっしゃいませ！」と声を張る。見ると、確かに海水浴客らしい団体さんが、カフェへ入ってくるところだった。

「わっ、わっ……！　い、いらっしゃいませっ！」

私の人生初「いらっしゃいませ」は見事に声がひっくり返ってしまい、ちょっと涙ぐんだ。

♥

甘く見ていた、としか言いようがない。

もちろん、私が人と比べてちょっとどんくさいところがあることも、労働が簡単ではないことも、分かっていたつもりではあった。

でも、これは、私の予想を遥《はる》かに超えて――忙しい！

「コハル！　三番卓に水！　忘れてるぞ！」

「は、はぁいっ！」

すれ違いざまに円花ちゃんから怒られて、私は慌ててウォーターサーバーへと駆け寄る。コップに水が溜《た》まるまでの時間をこんなにももどかしく感じたのは初めてだった。

私は人数分の水をコップに注いで、これを三番卓へと運ぶ。

テーブルでは日焼けしたおじさん四人組が、店中に響き渡るぐらいの大きな声で笑い合っていて、私は思わずガチっと全身の筋肉を強張《こわば》らせてしまった。

こ、怖い……！　大きな声をあげる男の人は怖い！

でもこれも仕事だから……！

「お、おお、お待たせいたし、ました」

これでもかと声が震えてしまったが、なんとか言えた！

水を配りながら精一杯にこやかな笑顔を作ってるつもりだけれど、おじさんたちがこちらを振り向いて一瞬固まったところから見るに、多分できてないんだろうな。

「あ……ああ、なんだ水か」

「は、ははは、遅いよ嬢ちゃん！　俺たちもう話しすぎて喉《のど》カラカラだよ」

「も、申し訳ございません……」

精一杯申し訳なさそうな顔を作ってみる。またもおじさんたちの顔が引きつった。

私は今、どんな顔をしているんだろう……うぅ、緊張と恥ずかしさでわけわからなくなってきた……！

「……ま、まぁいいや！　注文いい？　まず海鮮丼《かいせんどん》が二つ」

「あ、は、はい!?」私は慌てて伝票を取り出し、注文を書き込んでいく。

「俺ビール！　あ、皆も呑《の》む？　シゲルくんはいらない？　じゃあ三つで！」

「ラーメンが二つ、一つはメンマ抜きでお願いできるかな、俺嫌いでさ」

「それとトイレ貸してもらってもいい？」

　や、やばい……！　頭がこんがらがる……！

「え、ええとご注文繰り返します。海鮮丼二つ、ビール一つ、シゲル三つ、ラーメン二つ、メンマ一つ、トイレ一つ……？？」

「ええ……」

　おじさんたちが困惑の声をあげた。自分でも何言ってるのか分からない。

「す、すみません間違えましたっ!?　ええと、海鮮丼二つとビールが一つ？　三つ……？」

　私は慌てて伝票を読み返す。

　せっかく円花《まどか》ちゃんが紹介してくれたバイトなんだ。ここで私が失敗すると、円花ちゃんや店長の潮《うしお》さんに迷惑がかかる。それになにより、わざわざこのお店を選んで来てくれたお客さんに失礼で……

　考えれば考えるほど頭の中が真っ白になってしまう。焦れば焦るほど、伝票に書かれた文字の上を目が滑る。

　そんな時、彼らのうちの一人が言った。

「あ──お嬢ちゃん、海鮮丼《かいせんどん》四つでいいよ、ビールはいらないや」

「えっ、でも……」

「いいのいいの、新人さんでしょ？　こっちこそ色々言ってごめんね、お詫《わ》びに……」

そう言って、彼はポケットから何か小さなものを取り出し、私へ手渡してくる。……〝緑《みど》川《かわ》の塩飴《しおあめ》〟と書いてあった。

「これ舐《な》めて元気出して！　大丈夫！　仕事なんてゆっくり覚えりゃいいから！　……スマイルは早めに練習した方がいいと思うけど」

「す、すみません本当に！　ありがとうございます！　しばらくお待ちください！」

「ゆっくりでいいからね～」

「頑張って！」

「応援してるよ！」

ただ注文をとりにきただけなのに、まるで愛娘《まなむすめ》の門出を祝うような盛大さで送り出されてしまった。

優しい人たちで良かった、と思う反面、私の心はずんと重くなる。

エプロンのポケットにもらった飴をしまう。中でくしゃりと他の飴が鳴った。

緑川での慣習なのか、それともおじさんたちの習性なのか、今日この「元気出して」の飴玉をもらうのは、これで四度目だった。

本来もてなすはずのお客様から逆に気を遣われてしまうなんて……自分の要領の悪さがつくづく嫌になってしまう。

「う、潮《うしお》さん！　海鮮丼四つです！」

潮さんが厨房《ちゆうぼう》でこくりと頷《うなず》く。潮さんは……手際の悪い私に怒っているのだろうか？　初めの自己紹介以降、私と言葉を交わしてはくれなかった。

ただただ、申し訳なさだけがある。

「コハル！　次は五番卓！　水！」

「はぁいっ！」

しかし、落ち込んでいる暇もなかった。

私はすぐに水を用意して、これを五番卓のお客様へ運ぶ。窓際に座るキャップをかぶったおじいさんだ。

今度こそ、今度こそはミスをしないように、スマイル、スマイル……！

「お、お待たせいたしましたっ、お水です！」

「……ああ、そこ置いておいて」

「は、はいっ！」

おじいさんは新聞に目を通しながら言って、私は言う通りに水を置こうとする。

その時、ふいに嫌な臭《にお》いが鼻をついた。

この臭《にお》い、なんだかどこかで嗅《か》いだことがあるような……

もしやと思って見てみると、おじいさんが新聞に目を通しながら、タバコをふかしているではないか！

「お、お客様……？」

「なに」

おじいさんはこちらを見ようともせず、ぶっきらぼうに言う。その声音にまた心が折れかけたけれど、私はなけなしの勇気を振り絞り、言った。

「すみません、当店は、その……禁煙で、おタバコは、ちょっと……」

「ああうん、分かった」

おじいさんはやはりこちらを見ようともせず、ばさりとわざとらしく大きな音を立てて新聞をめくる。煙草《たばこ》の火を消す気配はない。

立ち上る煙に他のお客さんたちも気付き始めたらしい。視線がこちらへ集中するのが感じる。背中に嫌な汗が浮き始めた。

「す、すみません……火、消してもらえますか」

「分かったって」

「い、今です。他のお客様の、その、ご迷惑に……」

おじいさんがぎろりとこちらを睨《にら》みつけてくる。剝《む》き出《だ》しの敵意に、私は今すぐにでも逃げ出してしまいたくなる。

「なに、まだこんなに残ってるんだけど、今消したら勿体《もったい》ないよね？　大体どこで消せばいいの？　灰皿もないのに」

「そ、そう言われましても……」

円花《まどか》ちゃんの様子を窺《うかが》う。彼女は今他のお客様を接客中で、まだこちらに気付いていない。私じゃなくて彼女が接客に当たっていれば、きっとこんなにも理不尽なことを言われたりはしないだろう。それもこれも、私がおどおどして強く出られないせいだ。

「大体、客になんか言うにしても愛想ってもんがあるよね？」

「愛想……」

「そんな笑顔もマトモにできない店員に、とやかく言われたくないね、そもそもさ……」

こちらが注意をしにきた立場であるはずなのに、いつの間にか立場が逆転して、私がお客様の説教を受けている。

精一杯スマイルを浮かべているつもりだけれど、果たして私は今ちゃんと笑えているのだろうか。私の悪い癖は出ていないだろうか……

「高校生でしょアンタ、そんな可愛《かわい》げのないことじゃ社会に出てからもやっていけないよ」

くどくどと、お説教が続く。

どうして私は知らないおじいさんに怒られているんだろうと考えると、もう泣き出してしまいそうだった。でも、泣いたら皆に迷惑がかかる。笑顔、笑顔を……

「そんなんじゃ嫁の貰《もら》い手もつかねぇな、こりゃ」

——の、つもりだったんだけど、その一言で私の顔からすぅと表情が消えるのを感じた。

まるで私の中のスイッチが切り替わるように、今まで必死で抑えてきた、私の悪い癖が出てしまう。

「消して」

「あっ？」

「タバコ、消して」

「なんだその口の利きか、た……？」

おじいさんが私の顔を見上げて、固まった。

ああ、きっと驚いているのだろう。何故《なぜ》なら今の私は、彼の言う「愛想のいい店員」とは遠くかけ離れているのだから。

夏休みに入ってからというもの、ほとんど知り合いとしか話していなかったので、すっかりナリを潜めていたけれど、とうとう出てしまった。

極度の緊張から表情が強張《こわば》って口数が減ってしまう、私の悪い癖《くせ》が——

「消して、今」

自分でもびっくりするぐらい冷たい口調で、もう一度繰り返す。

「……わ、わかったよ」

おじいさんは、さっきまでの横柄な態度とは打って変わって、ポケットから携帯灰皿を取り出し、すぐに吸いかけのタバコを揉《も》み消す。それを見届けると、私は更に淡々とした口調で言った。

「注文」

「はっ？」

「注文は？」

「ら、ラーメン一つ……」

「少々おまちください」

注文を伝票へ書き込み、テーブルから離れ、厨房《ちゅうぼう》へ向かう。

「潮《うしお》さん、ラーメン一つです」

厨房の潮さんへ注文を伝え、潮さんがこくりと頷《うなず》く。その途端、私は冷静さを取り戻し始めて……

「あああぁぁぁぁ……っ！」

とんでもない後悔が押し寄せてきた。

や、やっちゃった……！　とうとうやってしまった！　こんな店員としてあるまじき行為を、まさか初めてのバイトで……！　こんなのこの場でクビになったっておかしくないよ！

絶望に打ちひしがれていると、円花《まどか》ちゃんがずんずんとこちらへ近付いてきて……

「――コハルすげぇな!?」

「えっ？」

「途中から見てたんだけど、いいじゃんさっきの接客！」

円花ちゃんの口から飛び出してきたまったく予想外の台詞《せりふ》に、私は目を丸くしてしまう。

「よかった？　今のが!?」

「あの面倒なジジイ黙らせたじゃん！　アイツ、いっつも来るけど何回注意してもタバコ吸うのやめねえし、オマケに注文もしないで居座るもんだから困ってたんだよ！」

「そ、そうなの？」

「注文まで取って来るなんてやるじゃん！　見直したぜ！」

「そ、それならよかったけど……」

なんだか複雑だけど、ともかくお店の役には立てたようで少しだけほっとする。でも、あんな心臓に悪いこともう二度とやりたくない……！

「ついでに七番卓の客、このクソ混んでる中、無駄に粘ってるから追い出してこいよ」

「いやだよ!?」

「なんでだよ、さっきの顔で凄《すご》んでくれれば一発だろ」

「いやだいやだいやだ！　いくら円花ちゃんの頼みでもそれは――」

円花《まどか》ちゃんがいきなり私の胸倉を摑《つか》んで、強引に引き寄せてきた。あまりにも突然のことで「ひゅっ」と短い悲鳴が漏れる。

私が混乱していると、円花ちゃんはそれだけで人が殺せそうなめんちを切って、ドスの利いた口調で一言。

「やれ」

あまりの恐怖に自分の中でぱちりとスイッチが入り、表情がすっと消える。

そして私は円花ちゃんに背中を押され、七番卓へとやってきた。テーブルには30前後のカップルらしき男女が座って、談笑している。

「でさぁ！　コウジのヤツが酔っぱらって、帰りにアケミの車で……」

「──失礼します」

二人が会話を中断してこちらへ振り向いて、ぎょっと目を剝《む》く。まるでお化けでも見たかのような反応だ。

「お水のおかわり、お持ちしましょうか」

「あ、い、いやいい！　俺たちもう帰るから！」

「ごっ、ごちそうさまでした！　お会計ここに置いておくから！」

二人は財布から現金を取り出してテーブルへ叩《たた》きつけるなり、逃げるようにその場を立ち去ってしまった。

取り残された私が途方に暮れていると、後ろから円花ちゃんにぽんと肩を叩かれる。

「よくやった、その調子で頼む」

「わ、私はお客様になんてことを……」

「客じゃねえよ、飯食い終わってから二時間も粘りやがって、カフェに行け、カフェに」

「やっぱりここカフェじゃないんじゃん！」

私の抗議は、当然のごとく無視された。

——そんなこんなで目の回るような忙しさの中、すごい速さで時間は過ぎていって、あっという間にお昼過ぎ。

円花ちゃんが憔悴《しょうすい》しきった私に向かって言った。

「よし、客足も落ち着いてきたし、コハルそろそろ休憩入れ」

「え、でも円花ちゃんは……？」

「私まで休んだら回らないだろ、心配しなくてもあとで休憩入るよ、ほら行け」

「わかった！　ありがとう円花ちゃん！」

正直、ここで休憩というのはありがたい。勤務時間はまだ残っているけれど、もうへとへとだ。ええと、多分休憩に入る前に潮《うしお》さんにもひとこと言った方がいいよね……？

私は小走りで駆けて行って、厨房《ちゅうぼう》を覗《のぞ》き込む。

潮さんは相変わらず黙々と厨房で作業をしている。服の上からでも分かるほど筋肉の張り詰めた大きな背中は、やっぱり慣れそうにない。

「あ、あの、潮《うしお》さん、私、休憩に……」

おずおず言うと、潮さんが傷のある方の目でぎろりとこちらを睨《にら》みつけてくる。

反射的に「ごめんなさい!? 私ごときが休憩なんておこがましいですよね!? 死ぬまで働くので許してくださいっ!」と命乞《いのちご》いをしそうになってしまったけれど、その時、潮さんのサンタクロース髭《ひげ》がもそりと動いた。

「コーヒー……」

「えっ？」

「コーヒー」

コーヒー？ コーヒーがなに？「俺に美味《おい》しいコーヒーを淹《い》れられたら生かしてやる」とか、そういうこと？

なんて馬鹿《ばか》な妄想をしながらぐるぐると目を回していると、ソレが私の目に留まった。

ついさっき淹れたばかりなのだろう。私が立っている位置のすぐそばに、湯気立つコーヒーカップが置かれている。

もしかして……

「……飲んでいいんですか、私が？」

潮さんは無言で、注視しなければ分からないほど小さく頷《うなず》く。

……まさか私が休憩に行くタイミングを見計らって、コーヒーを淹れてくれたのだろうか？　でも私、コーヒー飲めなくて……

「い、いただきます」

とはいえわざわざ淹れてもらったものを断るわけにもいかない……とカップを手に取り、おそるおそる口元まで近づけてみる。すると想像していたものとは違う、甘い香りが湯気にのってふわりと鼻孔をくすぐった。

「これ……」

私はゆっくりとカップに口をつける。……苦くない。これはカフェオレだ。

優しい甘さに、私は思わずほうと息を吐《つ》いた。

「……おいしいです」

私は厨房《ちゆうぼう》の隅にあったパイプ椅子《いす》へ腰を下ろして、ちびちびとカフェオレを飲んだ。温かいコーヒー牛乳ぐらいの甘さが、疲れた身体《からだ》に染みわたっていく。

私はちらと潮さんを見る。彼はまだ黙々と作業を続けていた。

……潮さん、最初に私が言った「コーヒー飲めない」発言を聞いてたのかな……見た目が怖くて口下手なだけで、本当はすごく優しい人なんじゃ……

なんて考え始めた時のことである。

「――だから入ってないって言ってんじゃん！　ねぇ!?」

突然ホールの方からやけに甲高い怒鳴り声が聞こえてきて、思わずカフェオレを噴き出しそうになってしまった。

「な、なに……？」

私はカップをテーブルに置いて、慌ててホールの様子を窺《うかが》う。

すると四番卓、40歳前後の男のお客様が円花《まどか》ちゃんを怒鳴りつけていた。

状況はよく分からないけれど、彼は見るからに興奮していて、手元には半分ほどに減った海鮮丼《かいせんどん》の器がある。彼はその食べかけの海鮮丼を差し、捲《まく》し立てた。

「甘エビ！　前は入ってたよね!?　なんでないの!?」

すさまじい剣幕に円花ちゃんは笑顔を引きつらせながら答える。

「……何度も言ってますけど、海鮮丼のネタは季節によって変わるんすよ」

「だからぁ！　二年前はあったって言ってるじゃん！　甘エビ！」

「二年前て……だから季節によってネタは変わって……」

「甘エビ入ってないなら注文しなかったよ！」

「……ほぼ食い終わってんじゃん」

「こっちは甘エビが入ってると思って注文したんだよ！」

と、とんでもない人に絡まれてる……。

傍《はた》から聞いていても、円花ちゃんの話が甘エビのおじさんに通じていないのは分かる。というかそもそも彼には、はなから円花ちゃんの話を聞こうという意思がない。

延々と同じ会話を繰り返すので、さすがの円花ちゃんも辟易《へきえき》しているようだ。

「海鮮丼もそうだけどコーヒーもぬるいしさぁ！　客に対する誠意が感じられないよ！」

「はぁ……」

「はぁ、って……だいたいキミ、なにその髪色？　ピアスまでしてさ」

「……すんません」

「接客業を舐《な》めていると思われても仕方ないよね？　常識的に考えて……」

理不尽な口撃に耐える円花ちゃんを見たら――私は無意識に厨房《ちゅうぼう》から飛び出してしまっていた。

私が出ていったところで何ができるとも思えない。本音を言えばとても怖い。

でも――友達があんな風に言われてるのを黙って見過ごすなんて嫌だ！

ぱちりと、私の中でスイッチが入る。

「――どうかしましたか」

私が尋ねかけると、甘エビのおじさんが一瞬びくりと肩を跳ねさせた。

円花ちゃんも同様に、驚いてこちらを振り返る。

「お、おいコハルっ……!?」

「何か用があるなら、聞きますけど」

「おっ……」

甘エビのおじさんが口ごもる。

一方で私は内心すぐにでも逃げ出したい気持ちでいっぱいだったけれど、ぐっと堪《こら》えた。

本当はこんな接客したくないけれど、でも、これで少しは冷静になってくれれば……！

「……は？　なにその目、文句でもあるわけ」

甘エビおじさんは一瞬怯《ひる》んだけれど、どうやら完全に頭に血が上ってしまっているらしく、ターゲットをこちらへ切り替えてきた。鋭い敵意に思わず腰が引けてしまう。

彼はそんな私の様子を見て、内心の怯《おび》えに気付いたらしい。途端にさっきの威勢を取り戻して鼻で笑う。

「いいや、キミたちじゃもう話にならないから、店長呼んで」

「それは……」

「いいから呼んで早く」

ばん！　とテーブルを叩《たた》かれて、私は情けなくも身体《からだ》を震わせてしまう。

情けない、本当に情けない。勇んで出てきたのに結局火に油を注いだだけだ。今にも泣き出してしまいそうだった。

「ほら、早く呼んでくんないかな、時間の無駄だからさ！」

おじさんが、こちらを急《せ》かすようにバンバンとテーブルを叩く。焦りと恐怖から、立っていることもままならなくなって――

「――私が店長ですが」

まるで地鳴りのように低い声がした。

振り返ると――突然背後に壁でもできたのかと思った。

しかし違う。私たちの背後に、巨大な筋肉の鎧《よろい》をまとった潮《うしお》さんが仁王立ちになっていたのだ。

そして雄々しくそびえたつ筋肉の山のてっぺんから、傷のある眼《め》でぎろりと見下ろされた時、私は思わず心臓が止まりかけた。涙なんて一息に引っ込んでしまった。

その迫力にはさすがの甘エビおじさんも絶句している。

そりゃあそうだろう、だって目の前の白髭《しろひげ》の老人は、彼のひとまわりどころかふたまわりは大きいのだから。

潮さんはサンタクロースのような髭をもそもそ動かし、静かに語る。

「……海鮮丼《かいせんどん》のネタは、旬《しゅん》のものを使います。甘エビの旬は冬ごろなので、今は時期が外れます」

「えっ……あっ、はい……」

「冷凍でよければありますが、お出ししましょうか」

「いっ、いやっ、いいかな、腹もいっぱいだし……」

「食後のコーヒーも、淹《い》れ直しますか」

「だっ、大丈夫！　あれだな、結構長居しちゃったから、か、帰るわ！　お勘定！」

「そうですか、では……」

潮《うしお》さんがしゃがみこんでずいと顔を寄せる。そしてドスの利いた声で一言。

「……またのお越しの際、なにか至らぬ点がありましたら、どうぞ私に直接、お申し付けください」

決定的だった。

おじさんは「ひぃっ」と一度短い悲鳴をあげたかと思えば、テーブルに代金を置いて一目散に逃げ出してしまった。

慌てて逃げる甘エビおじさんの背中が徐々に小さくなっていく。そして彼が階段をくだり、その背中が完全に見えなくなると——私は途端に膝《ひざ》から力が抜けて、その場にへなへなと崩れ落ちてしまった。

こ……

「怖かったぁ……！」

私が言ったのとほぼ同時。

どずん！　と重い音がして地面が揺れる。電子レンジでも落ちたのかと思ったら——隣で潮さんが膝をついていた。大きな傷の走った顔面が、蒼白《そうはく》となっている。

えっ!?　な、なに？　どういう状況!?

困惑していると、ただ一人両足を地につけた円花《まどか》ちゃんが「あーあーあー」と頭を掻《か》いた。

「二人して腰抜かしてら、蚤《のみ》のくせに無理するから……」

「の、ノミ……？」

「蚤の心臓、要するにビビりっつーこと、おーい店長大丈夫か」

「ビビりって……潮さんが!?」

円花ちゃんがしゃがみこんで、四つん這《ば》いになった店長の顔を覗《のぞ》き込む。店長の額には玉の汗がびっしりと浮いていた。

「地元じゃ有名なんだよ。店長、元漁師でこんな立派なガタイしてるクセに、とんでもないビビりでさぁ。しかも無口だし、普段はあーいうめんどくさい客は全部アタシが対応してるんだけど……コハルが飛び出して行ったから柄にもなく無理したのか？　うん？」

店長は答えない。どうやら乱れた呼吸を整えるので忙しいらしく、ぜえはあと荒い息を吐き出していた。

「そ、そうだったんだ……」

あんな少しのやり取りでこんな有様になるほどなのに、私たちのためにわざわざ……

どうやら私は、潮さんを誤解してしまっていたらしい。

それどころか今は潮さんにそこはかとない親近感を覚えつつある！　私も人と喋《しゃべ》るのちょ

っと苦手だし！

四つん這《ば》いになった潮《うしお》さんを見つめながら「なんだかこれからも仲良くやっていけそうだなぁ」なんて思っていると、おもむろに円花《まどか》ちゃんが口を開いた。ほんのりと頬《ほお》が朱に染まって、なんだか恥ずかしそうだ。

「あ――、その、なんだ……なんにせよ二人ともありがとな、飛び出してきてくれて」

「円花ちゃんがお礼言ってる……」

「ぶっ飛ばすぞ」

いつもの暴言も気持ち弱めだ。

結局、私自身はあんまり役に立てなかったけれど、円花ちゃんにそう言ってもらえただけで勇気を振り絞った甲斐《かい》があった。自然と顔がほころんでしまう。

初めは人生初の労働に戸惑うことばっかりだったけれど……ここなら私もなんとか頑張れそう！

「すいませーん、……あれ、誰もいないのかな」

ほんの少しだけれど私が自信を取り戻し始めた頃、ちょうどこの位置からは死角になる、レジの方から男の人の声がした。

どうやら新しいお客さんが来たようだ。私は慌てて立ち上がる。

「お客様だ！　私、行ってくる！」

「あ、おいコハル！　休憩は!?」

「これ終わったら行くから！」

私はそれだけ言い残して、小走りでレジの方へと駆けていく。ラフな格好をした若い男の人が、レジから厨房《ちゅうぼう》の中を覗《のぞ》き込んでいた。

「お待たせいたしましたっ！」

「ああ、いたいた、すみません緑川《みどりかわ》ソフトをテイクアウトで一つほしいんですけ、ど……？」

お客様が振り向いて、駆けつけた私を見るなりぴたりと固まった。

「えっ？」

私もまた同様に、彼を見るなりその場で固まってしまう。

状況を呑《の》み込むのに、しばらく時間がかかった。私だけでなく彼もそうだ。

その証拠に、彼はTシャツの胸元を指でつまんで顔の汗を拭《ぬぐ》う体勢のまま、一時停止でもかけられたかのように固まってしまっている。

しばらくこの硬直状態が続いたのち、私たちはほとんど同時に呟《つぶや》いた。

「佐藤《さとう》さん……？」

「押尾《おしお》君……？」

そう、目の前の彼は――押尾君だったのだ。

ど、どうして押尾君が緑川に……!?

イマイチ状況が呑《の》み込めないまま、私はゆっくりと視線を下ろしていく。

すると、汗を拭《ぬぐ》うために上へ引っ張られているせいで、Tシャツとパンツの隙間《すきま》から、押尾《おしお》君のおなかが……

「佐藤《さとう》さん、こんなところで何してるの？」

「へそ……」

「へそ？」

「あっ⁉ 間違えたっ！ ば、バイトだよバイト！ アルバイト！」

必死で誤魔化《ごまか》したけれど押尾君のへそから目が離れない！「怪奇！ へそに話しかける女子高生」になってしまっている！

そしてこれだけ凝視していればさすがに押尾君も気付く。彼は恥ずかしそうにTシャツを正した。押尾君のへそが……

「ごっ、ごめんこんな格好で！ つい気を抜いてて……さっきまで花波《かなみ》おばあちゃんの手伝いしてたから！ ほら、民宿をカフェに改装するって言ってたじゃん⁉」

「そっ、そうなんだ！ 奇遇だね！」

「佐藤さんは……そうか、村崎《むらさき》さんがここで働いてるって言ってたもんね、紹介されたの？」

「……」

「佐藤さん？」

「……あっ！　そうそう円花《まどか》ちゃんの紹介でね!?　今日からアルバイトを……」

──ダメだ！　押尾君のへそが頭に焼き付いて会話に集中できない！

軽くパニックになりかけていると……何か問題でもあったのかと思ったのだろう、円花ちゃんがひょっこりと顔を覗《のぞ》かせてきて、押尾君の存在に気付いた。

「あれ？　ソータじゃん、何やってんのこんなとこで」

「久しぶり、今日は花波おばあちゃんの手伝いだよ。朝早くからコキ使われて、今やっと休憩」

「はぁ、このクソ暑い中ねぇ、カナ婆《ばあ》もたいがい人使い荒いな」

円花ちゃんはここでちらりと私へ視線を送ってきた。そのアイコンタクトに込められた意味を測りかねていると、彼女はにぃっと意地の悪い笑みを浮かべて……

「──コハルも今から休憩なんだよ。ちょうどいいから二人で休んでこいよ」

「まっ、円花ちゃん!?」

「多少長くなっても気にしねえから、もう客もそんなに来ねえだろうし」

抗議しようとしたのだけれど、思いっきり無視された。

押尾君と休憩が取れるのは嬉《うれ》しい！　嬉しいけれど、今は駄目だ！　だって今私の頭の中、ほとんどへそで埋まってるから！

「いってこいよ」

ほとんどへそで埋まってるのに!?

アイコンタクトでどれだけ訴えても、円花《まどか》ちゃんはにこにこ笑うばかりで――ここでようやく、これがこの前の仕返しか、と気付いた。

♠

――まさか佐藤《さとう》さんも俺と同じ日に緑川《みどりかわ》に来ているなんて。

運命を信じるほどロマンチストではないけれど、やっぱり俺と佐藤さんはどこか似た部分があるのだろうか？　あったらちょっと、嬉《うれ》しいかもしれない。

なんてことを、遠くの水平線を眺めながらぼんやりと考える。

佐藤さんと二人、展望台から眺める緑川の海は、真夏の太陽を反射して輝いており、目が痛くなるほどだった。

「……ごめんね、押尾《おしお》君」

突然、なんの前触れもなく佐藤さんから謝られた。

いったい何に対しての謝罪なのかと思っていたら、彼女はいかにも申し訳なさそうに、俺の手元へ目線を落としている。

俺の手には……佐藤さんが作ってくれた青いソフトクリーム、通称「緑川ソフト」があった。

クリームに緑川の塩を混ぜ込んでおり、ほのかに感じられる優しい塩気がミルクのまろやかさと見事にマッチした、ＳＮＳ映え必至のスイーツだ。

ただ、今俺の手に握られたコレが映えるかどうかは別問題だけれど……

「ごめんね、私今日バイト始めたばっかりで、その、ソフトクリーム上手に作れなくて……」

「……初めてでこれなら上出来だと思うよ」

「そ、そうかな」

「そうだよ」

……もちろん優しい嘘《うそ》だ。

コーンの上でのたうちながらも奇跡的にバランスを保つクリームを見て、改めて感心する。

逆にこの形は狙《ねら》ってもできない。ソフトクリームの概念を覆す、ある種芸術的な作品だった。

佐藤さんは撮影テクニックもそうだけど、根本的に不器用なのだ。

ところで……

「佐藤さん」

「なに？　押尾君」

「……なんか遠くない？」

しばらく前から疑問に思っていたことを、ようやく口にした。

赤錆《あかさ》びたフェンスに沿って隣に並ぶ佐藤さんだが……何故《なぜ》か遠い。絶妙に遠い。なんだか
あまり慣れない距離感を保ったまま話しかけられている。しかも、どういうわけか頑《かたく》なに目も

合わせてくれないのだ。

指摘されて、佐藤《さとう》さんはあからさまに目を泳がせた。

「そ、そうかな、いつもこれぐらいじゃなかった?」

「そっか……」

さりげなく自分のシャツを嗅《か》いだ。

炎天下の中、汗だくになるまで作業をしたのでもしかしたら臭《にお》ったりするのかな……と思ったが、やっぱり自分では分からない。

「ごめん、もしかして俺、汗臭かったりする?」

「──そっ! そうじゃなくて!」

佐藤さんが弾《はじ》かれたようにこちらへ振り向いた。しかしすぐにはっとなって、再び顔を逸《そ》らしてしまう。

その反応を不思議に思っていると、佐藤さんは俯《うつむ》きがちにぼそりと呟《つぶや》いた。

「……だって私バイトで汗かいちゃったし、お化粧も直してないから、今顔見られるの恥ずかしいもん……」

「………………そっか」

俺はそれだけ言って、再び水平線の向こうへ視線を戻す。

──「そっか」ではない。あまりの可愛《かわい》さに心臓が爆発するかと思った。

表面上は平静を装っているけれど、内心では悶《もだ》えのたうち回っていた。

はっ!?　なにこの可愛すぎる生き物！　いちいち攻撃力が高い!!　む、胸が苦しくなってきた……！　ぐうっ……！

――なんてのはもちろんおくびにも出さない。

海を眺めながら緑川《みどりかわ》ソフトを舐《な》める。コーンを握る手が少し震えていたけど、距離が離れているおかげで佐藤さんには気付かれていないようだった。

俺はせめて佐藤さんの前でだけは、少しでもカッコいいカレシでいたいんだっ……！

「さ、佐藤さんと緑川に来るのも、もう三週間ぶりかな？」

なんとか話題を変えた。佐藤さんも恥ずかしさに耐えかねていたのか、すぐにこれに乗っかってくる。

「そ、そうだね、あの時は楽しかったなぁ、皆と海で遊んで……あとレオの写真も撮ったね！」

「ついこの間のことなのに、なんだかすごく懐かしいなぁ……そういえば佐藤さん、あれから写真撮るのは上手《うま》くなった？」

「うっ……」

佐藤さんが短く呻《うめ》く。どうやら練習の成果はあまり芳しくないらしい。

「……押尾《おしお》君、私のミンスタ見てるよね？」

「たまに」

大嘘《おおうそ》。本当は毎日チェックしているし、なんなら佐藤《さとう》さんのミンスタだけ通知をオンにしているので、彼女がミンスタに新しい写真を投稿するとスマホへ通知が来る。

でも、もちろん恥ずかしいので言わない。

「その……押尾《おしお》君の目から見て私、上達してると思う？」

「……他のミンスタグラマーと比べたらまだまだだけど、うん、前よりは上手《うま》くなってると思うよ」

──これも嘘。正直以前と比べてあまり違いは分からない。佐藤さんの撮影技術は未《いま》だに壊滅的だ。

でも、これはたぶん口に出すと本気で落ち込んでしまうだろうから、彼女のために言わない。

「そっか……やっぱりまだまだだよねぇ」

佐藤さんが、がっくりと肩を落とした。

やっぱり、と言うところから見るに、少しは自覚していたらしい。

「もっと勉強して、早くいい写真が撮れるようにならなきゃ」

そう言って自らを鼓舞する佐藤さん。その台詞《せりふ》に、なんだか引っ掛かりを覚える。

「……佐藤さんは、写真が上手くなりたいの？」

「えっ？」

佐藤さんは虚を突かれたような反応だ。

どうして今更こんなことを聞くのかと不思議がっているのだろう。

「う、うん……上手くなりたいよ?」

「まぁ、もちろん上手いか下手かなら上手いに越したことはないかもしれないけど……じゃあ質問を変えるね、そもそもなんでミンスタをやってるの?」

「それは……前にも言ったけど、普通の女子高生みたいにミンスタを使いこなせれば自信がついて、友達も増えると思って……」

「じゃあ、必ずしも上手い写真を撮らなきゃいけないわけじゃないよね」

佐藤さんはいよいよリスみたいに首をかしげてしまった。

いや可愛《かわい》いな……じゃなくて、この発言も別に佐藤さんを元気づけるために適当なことを言っているわけではない。ちゃんと理由があるんだ。

「写真はつまり〝体験の記録〟だよ、嬉《うれ》しいこととか悲しいこととか、そういうすぐに消えちゃう何かを切り取って、人に伝えるための道具なんだ。綺麗《きれい》に撮ることは、もちろん人に素晴らしい体験を伝えるためには大事なことだけど、でも絶対に必要なことではないからさ」

俺が思うに、今の佐藤さんは迷走のあまり手段と目的が入れ替わってしまった状態だ。

だって彼女の目指す「ミンスタグラマー」は手段であり、目的じゃない。彼女の目的はあくまで「ミンスタを通じて他者とのコミュニケーションを図ること」なのだ。

なら「写真を上手に撮れるようになる」というのは必ずしも必要なことではない。

「本当に大事なのは、どれだけ自分が素晴らしい体験をしたかを切り取ることだよ」

「どれだけ自分が素晴らしい体験をしたか……」

「そう、まずは自分が何を記録に残したいか、だからね。佐藤《さとう》さんが良いと感じたものは、きっと他の誰かの心にも響くはずだから」

……うん、少しは佐藤さんの助けになるアドバイスができたかな?

真剣に考え込む彼女の横顔を眺めて、ちょっとした達成感を覚えていると……佐藤さんはおもむろにこちらへ振り返って、言う。

「――じゃあ今の押尾《おしお》君を撮ってもいい!?」

「イヤだよ」

即答した。佐藤さんの意図はまったく分からなかったけれど、とにかく反射的に答えた。

「だって、どれだけ自分が素晴らしい体験をしたかを切り取るのが重要なんでしょ!?」

「それでどういう論理の飛躍があって、俺の写真を撮るのか分からない!」

「だってTシャツ押尾君レアだもん! いっつもカフェの制服姿だし!」

「せめてもうちょっとオシャレしてる時に切り取ってよ!」

「地元で無防備になってる押尾君が撮りたいの! お願い!」

「なおさらイヤだよ!」

そんなもの切り取られてたまるか!

佐藤さんじゃないけど、俺だってこんな格好でカノジョの前に出てくるの少しは気にしてたんだぞ！

お願いお願いお願い！　と言いながらスマホのカメラを向けてくる佐藤さん。イヤだイヤだと身をかわし続ける俺。

そんな風にアホな攻防を繰り広げていると……ふと、視界の端をあるものがよぎった。

俺は佐藤さんとの戦いの最中だと言うのに、無意識にソレを目で追ってしまう。

視線の先にはこちらへ向かって歩いてくる、浴衣を着た二人組の女性の姿があった。

彼女らはすれ違いざま、こちらに軽く会釈をして、そのまま俺たちの傍《そば》を通り過ぎていく。

「……近くでお祭りでもあるのかなぁ」

遠ざかる彼女らの背中を眺めながら、ぽつりと呟《つぶや》いた。

すると、同じように彼女らの浴衣姿を眺めていた佐藤さんが、なにやらはっと気が付いたように、

「お、押尾君って浴衣好き⁉」

なんて尋ねてくる。

ちなみに今のは浴衣が好きというより、単に「このへんでお祭りなんてあったっけ？」という思いから興味を惹《ひ》かれて目で追ってしまっただけなんだけれど、まぁ……

「浴衣は嫌いじゃないよ？　夏っぽいし、あと綺麗《きれい》だから」

「——っ!?」

浴衣の好き嫌いを真剣に考えたことがなかったので一般論として答えたつもりだったんだけど……なんだろう、何故《なぜ》か佐藤《さとう》さんは雷に打たれたような衝撃を受けていた。

「そ……そうだった、浴衣……完全に忘れてた……3000円…… いや、あの浴衣なら5000円ぐらいで……そしたらバイトを……」

おまけになんだかぶつぶつ言い始めてしまった。

何か変なこと言ったかな俺……と、そこはかとなく不安になっていると、佐藤さんがおもむろに「あぁっ!?」と悲鳴をあげる。

「じ、時間!? バイトに戻らなきゃ! 押尾《おしお》君ごめん! 私、休憩時間が……!」

「俺のことは気にしなくていいから! バイト頑張って」

「う、うん! ありがとう! あと、お祭り楽しみにしてるから!!」

佐藤さんはそう言い残して、まるで竜巻のようなあわただしさで、その場から走り去ってしまう。

……佐藤さん、本当にバイト頑張ってるんだなぁ。

そういえば、どうして今になって突然アルバイトを始めたのか、聞けずじまいだった。まぁ、佐藤さんにも色々あるんだろう。俺も頑張ってお祭りまでに稼がなくては。

俺はコーンをさくさくと噛《か》み砕きながら、何の気なしにさっきのやり取りを思い返す。

「……佐藤さん、あの話を聞いて一番に撮りたいって思うの俺なんだ……」

ああ、気付くのが遅れて本当によかった。

もう少しで佐藤さんに一足早い夕焼けみたく真っ赤に染まった顔を見られるところだった。

♥

――浴衣！　完全に盲点だった！

私は駆け足でカフェに戻りながら、目から鱗《うろこ》をぼろぼろ落とした。

むしろ自分は今までなんでこんな簡単なことに気付かなかったのだろう。

なんといったって押尾君との初めてのお祭りデートだ。むしろ浴衣を着ないという選択肢がない！　予算の見直しが必要だ！

ええと……！　ＣＷの腕時計が2万円だとして、お祭りで押尾君と遊ぶために必要なお金がだいたい3０００円ぐらい。更にここへ浴衣の代金が約5０００円。しめて2万8０００円。

ここから今の私の所持金の2０００円を引いて、2万6０００円。つまり私はあと二週間で2万6０００円を稼がなければいけない、ということだ。

円花《まどか》ちゃんから聞いた話では、潮《うしお》のバイト代が時給9００円×8時間だから、一日で約70００円。ここから計算すると四日働けば目標金額に到達するわけで……

……いける！　一時はどうなることかと思ったけれど、この調子なら押尾《おしお》君とのお祭りデートもなんとかなりそうだ！

私はほっと安堵《あんど》の溜息《ためいき》を吐《つ》く。

それもこれもこのバイトを紹介してくれた円花《まどか》ちゃんと、潮《うしお》さんのおかげだ。

一生懸命働こう。まだまだ不慣れなことばかりだけど、私にできるせめてもの恩返しは、少しでも彼女らの役に立つことだ。

「戻りました！」

カフェに着くなり私が言う。どうやらお客さんはいないらしい。

厨房《ちゆうぼう》の壁に寄りかかって潮さんと雑談をしていたらしい円花ちゃん――といっても潮さんは相変わらず無口なので傍《はた》からは彼女が一方的に話しかけているだけに見えたが――は、少し驚いたような顔をした。

「おっ？　なんだ時間にはまだ早いぞ？　長めに休憩とってきてもいいって言ったのに」

「ううん！　なんだか働きたくなっちゃって！」

「張り切ってんなあ、そんなにここが気に入ったか？」

「もちろん！」

力強く頷《うなず》く。これは本心からの言葉だった。

最初の方こそ、振り回されるばかりでそんなこと考える余裕もなかったけど、私はこのカフエ〝潮〟が気に入っていた。

円花ちゃんは怖いけど優しいし、潮さんは……怖いけど優しいし。怖いお客さんもたまに来るけれど……それでもここでの経験はなにもかもが新しくて、楽しい。

きっとこんな経験そうそうできることじゃないし……そうだ！

「円花ちゃん！　せっかくだし写真を撮ろうよ！　私と！」

「はあ？」

円花ちゃんが目をぱちくりさせた。

「写真って……アタシが？　コハルと二人でってことか？」

「うん！　できれば潮さんも一緒に！」

今度は潮さんが目をぱちくりさせる。

あれだけ鋭い目がフクロウみたいに丸くなるところは、少し可愛《かわい》かった。

「また藪《やぶ》から棒に……別にアタシらと写真撮っても面白くないだろ」

「記念だよ！　人生初バイトだもん！」

本当に大事なのは、どれだけ自分が素晴らしい体験をしたかを切り取ることなのだと、押尾君は言っていた。

そして私は、ここでのアルバイトが「素晴らしい体験」だと確信している。今この瞬間の感動こそ、写真というかたちで切り取りたい。

「記念ねぇ……どうする店長？」

円花《まどか》ちゃんが困ったように潮《うしお》さんへ尋ねる。

潮さんはその大きな体をゆっくり傾けて中腰になると、円花ちゃんへ耳打ちをした。

……何か気に障ることでも言ったかな、と不安になっていたら、円花ちゃんは何度か「ふんふん」と頷《うなず》いて、私へ伝えてくる。

「客はいないけど一応まだ勤務時間中だから、仕事終わったあとでならいいってさ」

ちょ、直接言えばいいのに……！　私が言うのもなんだけど、潮さんすごい人見知りだ……でも、了承してもらえたのは素直に嬉《うれ》しい！　私は「やった！」と小躍りした。

「珍しいこともあるもんだな、店長、写真とか苦手そうなのに、やっぱコミュ障同士コハルのことが気に入ったのか？」

「そ、そうなの？」

潮さんを見る。彼は円花ちゃんに肘《ひじ》で小突かれ、目を伏せていた。

これは……恥ずかしがっているのかな？

相変わらず貫禄《かんろく》がありすぎて表情は読み取りづらいけれど、少なくとも嫌われてはいないようで安心する。

「私、初めてのバイト先がここで良かった！」

「コハルもすっかりここが気に入ったみたいだな。ホントはもっとここの忙しさに揉《も》まれてわたわたするコハルが見たかったんだけど」

「ひどいよ円花ちゃん……！」

今となっては、円花ちゃんの冗談にも笑って答えられるぐらいの余裕がある。

まだ少し早いけれど、私、ここならアルバイト続けられるかも——！

「——ホント、今日だけなのが残念なぐらいだよ、なぁ店長」

「えっ？」

私は素《す》っ頓狂《とんきょう》な声をあげる。

ちょっと待って……今日だけ？

「私、ここで働き続けられるんじゃ……？」

なんだか嫌な予感がして、おそるおそる尋ねる。

すると円花ちゃんは「あれ？　言ってなかったか？」と、軽い調子で続けた。

「いつもは店長の奥さんもいるんだけど、今日は実家の用事で休みになって、その代わりに臨時で一日だけコハルを呼んだって……ウソ？　言ってなかったっけ？」

「えっ……」

自分でもびっくりするぐらい切ない声が出て、ぐにゃりと視界が歪《ゆが》んだ。

確かに臨時とは言ってたけど、一日だけ……？　今日で終わり……？　じゃあ押尾《おしお》君とのお祭りデートは……パア……？

「ウソ……？」

くらりと眩暈《めまい》がした。

「あっ、ご、ごめん!!　祭りで遊ぶ金が欲しいって聞いてたからてっきり一日で十分なのかと……！　説明不足だった！　悪い！」

円花《まどか》ちゃんの声が、なんだかものすごく遠くから聞こえてくるような気がする。

「アタシも次のバイト探してやるから!?　なっ!?　……コハル？　おいコハル……！」

――お祭りまで13日。目標金額まで、あと1万8800円――

♠

その夜、へとへとになって家へ帰りつくと、狙《ねら》ったように蓮《れん》からＭＩＮＥ《マイン》が来た。

本当は今すぐにでもシャワーを浴びて、泥のように眠りたいところだったけれど、俺にはそのＭＩＮＥを無視できない理由がある。

スマホの通知欄から蓮とのメッセージ画面を開くと、そこには、

〝先輩からバイトについて聞いておいたぞ〟

〝今週の水曜日、尾本町《おもとまち》のスーパーコトブキで短期のアルバイト募集してるって〟

〝もちろん日払い〟

とある。

蓮との付き合いもそれなりに長いけど、彼の人脈の広さには未《いま》だに驚く。

ほとんどダメ元で頼んでみたのに、まさか三日かそこらで、本当に条件に合うバイトを見つけてきてしまうなんて……持つべきものは、悪友なのかもしれない。

俺はなるべくすぐにレスポンスが返ってくるよう、手早く返信を打ち込む。

〝ありがとう助かる〟

〝ちなみにレジ打ちかなにか？　俺やったことないんだけど……〟

すぐに既読がついて、メッセージが返ってくる。

〝いや、そういうのじゃない〟

〝ダンゴを売るらしい〟

少し遅れて、

〝俺も詳しくは知らん〟

とメッセージが追加される。

「団子……？」

俺はトーク画面を見つめながら、眉《まゆ》をひそめてしまった。

団子、団子売り……？　いつの時代の話だ？　頭の中のイメージは完全に時代劇だ。

しかしせっかく蓮が見つけて来てくれたアルバイト、これを逃す手はない。

〝バイトやるよ。わざわざありがとう〟

　こういうのは迷ったら負けだ。悩むより早く、とにかくメッセージを送った。

　あとになって、俺はもう一つ彼へ伝えなくてはいけないことを思い出し、メッセージを打ち込む。

〝そういえばこの前教えてくれたアレ、ありがとう。なんとか買えたよ。おかげでなんとか間に合いそうだ〟

　続いて蓮《れん》のメッセージ。

〝貸しはいつか返してもらうぜ〟

　貸しって。

　いかにも蓮らしい、彼の「けけけ笑い」が聞こえてきそうなメッセージだ。言われなくてもラーメンぐらいは奢《おご》るつもりだとも。

　俺は〝了解〟とだけ送って、スマホの電源を落とそうとした、その時だ。

　ぽこんと音が鳴って、通知欄にミンスタのアイコンが現れた。何かと思ったら〝佐藤《さとう》こはるさんが　写真を投稿しました〟との通知が来ている。

「お、佐藤さん画像投稿したんだ」

　俺はいつもそうしているように、通知を指でタップして、ミンスタのページへ飛んだ。そして佐藤さんの新しく投稿した画像を見るなり……思わず苦笑する。

「……確かにこれは、なかなかできない体験かも」

写真は、閉店後のカフェ〝潮《うしお》〟で撮られた一枚――個性豊かな従業員たちによるスリーショットだった。

明るい金髪の円花《まどか》ちゃんに、筋骨隆々の潮店長、そして佐藤さん。

何も知らない人がこの画像を見たら、三人の関係性が謎《なぞ》すぎてちょっと混乱してしまうかもしれないけど……楽しげなことだけは確かに伝わってくる。

夕焼け色に染まった店内が、けっこういい味を出していた。

……でも妙だな。

こういう言い方もなんだけど、佐藤さんが撮った写真にしては、潮さんが見切れてる以外になんの変哲もない普通の、ちょっとヘタなだけの写真に見える……と思ったら、なるほどスマホには円花ちゃんの手が伸びていた。彼女が佐藤さんの代わりに撮影してくれたのだろう。

「……そっか、別に体験を切り取るだけなら、佐藤さん本人が撮らなくてもいいわけだ」

ちょっと感心してしまった。

佐藤さんはこれを意図的にやったのだろうか、それともたまたま円花ちゃんが撮ってくれただけ？

真偽を確かめようと思って、画像に映る佐藤さんの表情を窺《うかが》った。

佐藤《さとう》さんは……

「うん……？」

……画像越しでも伝わってくるほど、あからさまに意気消沈していた。

それを踏まえた上で改めて見てみると、彼女と肩を組んで笑う円花《まどか》ちゃんも、なんだか佐藤さんを励ますために無理やり笑顔を作っているような印象を受けた。

……どういう状況？　佐藤さんバイト楽しくなかったの？

なんだかよく分からないけど……

「いいね押しとくか……」

お疲れ様の意も込めて、とりあえずいいねをつけておいた。

目標!!

○お祭りで使うお金　3,000円くらい？

○腕時計　20,000円

○浴衣　5,000円

合計　28,000円!!

所持金

○貯金　2,000円

○カフェ〝潮〟
時給900円×8時間　=7,200円

合計　9,200円

目標金額まであと18,800円!!!

二枚目

絶叫お化け屋敷！

〝呪われた人形寺からの脱出〟

♠八月一九日（水）

桜庭《さくらば》市の隣町、尾本《おもと》町。

緑川《みどりかわ》のように綺麗《きれい》な海があるわけでもなく、さりとて青海《おうみ》町のように情緒深い町並みがあるわけでもない。

取り立てて目立つところのない地味な町……そんな尾本町で唯一、人を集める場所がある。

大型スーパー〝スーパーコトブキ尾本店〟。

食料品や日用品はもちろん、家電に衣料品なども一通り揃《そろ》っている。フードコートや映画館、この時期になると、なんと期間限定でお化け屋敷なんかも特設されるので、地元住民からは手軽に行けるテーマパークのような扱いだ。

そして今日、俺は「団子を売る」ために、ここを訪れていた。

団子売りなんて言うものだから、初めはてっきり〝峠の茶屋〟的なものを想像していたのだけれど、当日、現場に到着してみて「ああなるほど」という納得があった。

ほんの少しのがっかり感があったことは、内緒にしておこう。

一階通路の、その片隅。

〝京だんごのいろは〟というのぼりのついた小さな屋台が、俺のアルバイト先だった。

「団子、団子はいかがでしょうかー、こちら期間限定での販売となっておりますー」

エプロンに着替えた俺が、通りかかった主婦の一団に声を張る。

しかし買い物帰りらしい彼女らは、ちらりとこちらを一瞥《いちべつ》するだけで素通りしてしまった。

……まただ。

俺は小さく溜息《ためいき》を吐《つ》いた。

──〝京だんごのいろは〟は全国各地を転々とする、移動販売の団子屋らしい。

俺の仕事は、このように店頭に立って声をあげ、コトブキの買い物客に一本でも多く団子を買ってもらうことである。

そして俺がここに立ってから、すでに一時間が経過したわけだが……

「……全然売れない」

俺はぽつりと呟《つぶや》いた。

山のように積まれたパック詰めの串《くし》団子は、餡子《あんこ》もみたらしも三色のやつも、どれも一向に減る気配がない。〝京だんごのいろは〟は、見事に閑古鳥が鳴いていた。

俺としては別にどれだけ団子が売れなかろうと、一日こうしてここに立ち尽くしていればバイト代はもらえるわけで、問題ないと言えばないのだが……

「う、ううう、また社長にどやされる……」

……彼女にとっては大問題だろうと、隣で頭を抱えるエプロン姿の女性を見た。

彼女の名前は綾小路《あやこうじ》 美香《みか》さん。

歳《とし》はたぶん二十歳前後で、〝京だんごのいろは〟に雇われた、いわゆる契約社員のお姉さんなのだが……もう、この世の終わりのような顔をしていた。

「こ、このままじゃ契約切られちゃう……どうしよう……今月もカードの支払いヤバいのに……あぁぁぁあ……」

……なんとも景気の悪い独り言が聞こえてきて、げんなりしてしまった。

かれこれ一時間、ずっとこの調子だ。

ともすれば彼女のせいでお客さんが近寄らないのではないかと思うほど、負のオーラをまき散らしまくっている。

「……綾小路さん、大丈夫ですか?」

「だ、大丈夫じゃないっ……胃が痛くなってきた……ぐぅぅぅ……押尾《おしお》さん、これどうしたらいいと思います……?」

「……すみません、俺はバイトなのでどうしようもないです」

「で、ですよねぇ……ああっ、頭まで痛くなってきたっ……アルバイトまで雇ったのにぃぃっ……」

綾小路さんが身体《からだ》を丸くして悲痛な叫びをあげる。

不憫《ふびん》な……

さっきも言った通り、たとえ一本も団子が売れなくとも、俺にデメリットはない。

むしろお客さんがほとんど来ないおかげで、ただ突っ立っているだけでお金をもらえるという見方もできる。

そういった点では楽でしょうがないのだけれど、さすがにちょっと彼女が気の毒になってきた……

……よし。

「綾小路さん」

「なんですか押尾さん……休憩なら好きな時に行っていいですよ、一時間でも、二時間でも……どうせお客さん来ませんし、アハハハハ……」

そんな悲しそうな顔をするぐらいなら、最初から言わなきゃいいのに……

「そうじゃなくて、一つ提案があるんですけど」

「提案……？」

「ええ、団子の売り方についてです」

それを聞いた途端、綾小路さんの目がぎらりと輝いた。

「う、売れるんですか!?　団子、売れるんですかっ!?」

「ちょっ、ちょっと！　あくまで改善案です！　本当に売れるかは分かりません！」

「なんでもいいからお願いします！　このままだと私は職を失い実家へ連れ戻されて年をとっても結婚できずに親元から離れられなくなった挙句地元の友達からパラサイト美香《みか》ってあだ名つけられちゃいますから!!」

……やけに具体的なビジョンだな。もしかしていつもそんなこと考えてるのかパラサイト美香さん。

まぁそれはともかくにしても、だ。ここまで必死で懇願されたら、俺もやらないわけにはいかない。

まずは……と陳列台に山のように積まれた団子のパックを見やった。

「手始めに片付けからやりましょう」

「うんうん！　売り場を綺麗《きれい》にするのは大事だよね！　で、何を片付けるの!?」

「分かっていただけて嬉《うれ》しいです。じゃあ団子を片付けるので、すみませんそこのクーラーボックス開けてもらえま……」

「何やってんの!?」

パックの山へ手を伸ばそうとしたところで、後ろから羽交い絞めにされた。

危ないっ!?

「ちょっ!?　何するんですかパラサイトさん!?」

「まだパラサイトじゃないしっ!!　押尾《おしお》さんこそ何してるんですか!?　それ全部売らないと私が社長に怒られちゃうんですってば!!　あれですか!?　店仕舞いしてさっさと実家に帰れってことですか!?」

「被害妄想がすごい！　違いますよ！　別に全部片付けるわけじゃありません！」

「えっ、違うの？」

綾小路《あやこうじ》さんがここでようやく俺を解放してくれる。

びっくりした……完全に女の人の力じゃなかった……火事場の馬鹿《ばか》力というか、命に替えても止めてみせるという迫力を感じた……

俺は呼吸を落ち着かせながら、ゆっくりと語り始める。

「商品がこんなに山積みになってたら、いかにも売れ残ってますって感じじゃないですか……それに、圧がすごすぎます。これじゃ買う買わない以前に近付きづらいですよ」

「な、なるほど……じゃあどうするんです？」

「一部、クーラーボックスへ戻します。それもある程度数が偏るように」

「偏るように？」

綾小路さんが不思議そうな顔をしていたけれど、論より証拠。

俺は陳列台の上にピラミッドのごとく積みあがった団子のパックを、次々とクーラーボックスへ戻していく。そして半分以下まで削ったところでやめる。これで大分スッキリした。

綾小路《あやこうじ》さんは未《いま》だに釈然としない様子だ。

「確かにさっきより見た目はスッキリしたかもしれないですけど、なんか見栄え悪くないですか？　餡子《あんこ》、みたらし、三色団子で数がまちまちだし……」

「わざとですよ、わざと売場が荒れている風に陳列しました」

「わざと、荒れている風に……？」

「そうです」

俺は販売については素人《しろうと》だけど——仮にもフォロワー5,000人超えのミンスタグラマーだ。

この手の〝魅せ方〟については、ほんの少しだけれど理解がある。

「さっきまでの陳列は少し綺麗《きれい》すぎたんですよ。これぐらい自然な陳列の方が、遠目に見た時いかにも〝売れてます〟って感じで、お客さんも手に取りやすいでしょう」

「ははっ、本当ですかぁ？　それぐらいで売れるんなら、苦労は……」

「——すみません、みたらしとあんこ一パックずつもらってもいいですか？」

綾小路さんが弾《はじ》かれたように振り返る。

見ると、買い物袋を片手に提げた中年女性が、屋台の前に立っていた。

ほら、論より証拠、だ。

「600円になります」

俺はにこやかに答えて、団子を二パック、袋へ詰める。

「ありがとうございました」

　代金と引き換えに袋を手渡し、笑顔で彼女を見送った。接客自体はcafe tutujiでほとんど毎日やっているので慣れたものだ。

　ちなみにこの間、綾小路さんはずっと隣で呆《ほう》けたような顔をしていたわけだが。

「ほ、ホントに売れちゃった……」

「そんなに驚くことですか」

「だって〝京団子〟なんて書いてあるけど、別にぜんぜん京都関係ないし、滋賀の工場で作ってるし、特別美味《おい》しいわけでもないくせに値段だけは高い、一パック二本入り３００円のただのお団子なのに……」

「……もう少し自社の商品に自信を持った方がいいですよ」

　そして「京団子」という言葉の響きと、店の裏のBluetoothスピーカーから流れる「いかにも京都っぽいＢＧＭ」に騙《だま》されていたけれど、京都関係ないのかよ。

　確かに京都にゆかりがあるとはどこにも書いてないけれど、また阿漕《あこぎ》な商売を……

　……いや、裏側のことを考えるのはよそう。

　お金をもらう以上、俺の仕事は一本でも多く団子を売ることだ。

「少しはお客さんが立ち止まってくれるようになったけど、まだ弱いな……」

　興味は持ってもらえているようだが、実際に購入に踏み切るお客さんは少ない。この調子ではあの数の団子を今日中に捌《さば》き切るのは不可能だ。

じゃあ、どうすればもっと団子が売れるのだろう？

「はいっ！　勢いに乗せるため、ここらへんで半額のタイムセールを打つっていうのはどうですかね!?」

綾小路《あやこうじ》さんが元気いっぱいに挙手をして言う。

……なるべくその手は使いたくない。

「値下げは最後の手段にとっておきましょう、唯一の武器の〝京団子〟っていうブランドイメージまで落としかねませんから。……あと純粋にそれで全部捌けても売り上げ金額が大幅に下がりますよ」

「それはそれで社長からどやされそう……」

綾小路さんが顔を青ざめさせた。

じゃあ値段を変える以外の方法で、どうやって団子を売るのかという話になるんだけど、俺に一つ考えがある。

「思うにこの屋台に必要なのは、もっと人を留《とど》まらせることです」

俺も一時間ただぼーっと突っ立っていたわけじゃなくて、一応観察していたのだ。

その結果分かったのは、お客さんが一番集まるのは「すでに他のお客さんがお店の前にいるとき」ということ。

他人が気になるものは自分も気になる、の精神が働いているのかもしれない。ともかく一人でも多くのお客さんの興味を惹《ひ》き、店の前に立ち止まらせることによって、より多くの集客が見込めるのだ。

——そしてそれは、俺があの日、父さんにcafe tutujiのミンスタ公式アカウントの運営を任されてからというもの、数年にわたってずっと研究し続けてきたことでもある。

「それなら……」

目をつけたのは、店頭に展示された団子のサンプルだった。

大きな白い皿に、餡子《あんこ》、みたらし、三色団子と三種類の団子が積みあがっているけれど……

「綾小路さん、あのサンプルちょっといじってもいいですか？」

「えっ？　それはもちろん、構わないですけど……」

「ありがとうございます、あと追加で三色団子がいくつか欲しいんですけど、使ってもいいですか？　あとで買い取るので」

「ど、どうぞ？」

確認を取るなり、早速作業を開始した。

まずは餡子とみたらしを奥に引っ込める。そして軽く大皿を拭《ふ》くと、その上に追加で取り出した三色団子を積み上げていく。

しかし、さっきまでのようにピラミッド状に積み上げるのではない。

横に寝かせた三色団子で皿の上に円を描く。土台ができたら、更にその上にまた円を描くように寝かせた三色団子を積み上げていく。少しずらすのがミソだ。

これを螺旋《らせん》状に、何度も繰り返し積み重ねていけば……

「――できました」

「すっ、すごい!?」

綾小路《あやこうじ》さんができあがった作品を見て、感嘆の声をあげた。

ピンク、白、緑。

三色団子のトリコロールが織りなす〝映《ば》える〟三色団子タワーの完成だ。これなら否応《いやおう》なしに人の目を引くだろう。

「――ねえねえねえっ！　みーこ！　あれ可愛《かわい》くない!?」

初めにこれを見つけたのは、女子高生の三人組だった。

彼女らは足早にこちらへ駆け寄ってきて、この三色団子タワーを観察する。

「なにこれお団子？　ヤバくない？」

「ヤバ、メッチャカワイイ！」

「すみません店員さん、これ写真撮ってもいいですか!?」

三人組のうち一人が、すでにスマホを構えながらこちらへ尋ねてくる。

「もちろん、いいですよ」

俺は撮影を快諾した。むしろこれこそが狙《ねら》いだったのだ。

彼女らが店の前に留《とど》まって写真を撮る。

すると通りかかったお客さんたちは興味を惹《ひ》かれ、お店の前に集まり出す。

人が人を呼び、瞬く間に――お店の前に長蛇の列ができあがった。

「やった――っ‼」

綾小路さんが歓喜の叫びをあげた。

さっきまでとは一転して大繁盛、飛ぶように団子が売れていく。この調子なら一度片付けた団子も閉店を待たずに捌《さば》けるだろう。

……これで少しは貢献できたかな。

俺は営業スマイルの裏でほっと胸を撫《な》で下ろした。あとは心置きなく、閉店時間まで団子を売るだけだ。

晴れ晴れとした気分で、俺は次のお客さんに笑顔で挨拶《あいさつ》をする。

「いらっしゃいませ、期間限定販売の京団子、どれでもお買い得となって……」

「――押尾《おしお》さん？」

「えっ？」

突然お客さんから名前を呼びかけられて、フリーズしてしまった。

そして気付く。彼女は……

「……いつの間にお団子屋さんになったんですか？」

「凛香《りんか》ちゃん？」

須藤《すどう》凛香。

どういうわけか、佐藤《さとう》さんの従姉妹《いとこ》にあたる少女が、俺の目の前に佇《たたず》んでいた。

♥　八月一九日（水）

円花《まどか》ちゃんは見た目こそ怖いけど、実はけっこう誠実というか義理堅いというか、とにかく一度した約束は必ず守る性格だ。

だからこそ、私がカフェ〝潮《うしお》〟でのアルバイトを終えたあの夜、布団の中で丸まって、

「残り2万円近く、どうやって稼ごう……」

と頭を悩ませていたら、彼女から着信があった。

円花ちゃんから電話がかかってくるなんて初めてのことだったため（あと電話は押尾《おしお》君からの告白を思い出してしまうため）、若干緊張しながら電話に出てみると、円花ちゃんは開口一番。

『あ――、コハルか？　アタシの友達が尾本《おもと》町のスーパーコトブキで働いてるんだけど、単発バイトの募集があるらしいぞ。水曜日の一日だけだけど時給は結構高め、やるか？』

「やる！！！」

即決即答。元気いっぱいに答えた。

あまりにも元気に答えすぎて、電話越しに「うるせえバカ」と怒られてしまったぐらいだ。

確かに、円花ちゃんはあの時落ち込む私に「アタシも次のバイト探してやるから」とは言っていた。でもまさか本当に私のために探してくれて、あまつさえ即日見つけてくるなんて――！

ともかく、断る理由なんてなかった。

円花ちゃんも店長もいないのは心細いけど、押尾君とのお祭りデートがなくなるよりはずっとマシだから！

……でも、今となっては「せめてバイトの詳細ぐらい聞いておけばよかった」と思う。

そんなこと、今更後悔してももう遅いのだけれども。

「あ――、佐藤こはるさんだよね？　本日は『絶叫お化け屋敷！　〝呪《のろ》われた人形寺からの脱出〟』のアルバイトに応募いただき、えーと、誠にありがとうございます」

「は、はい、よろしくお願いします」

スーパーコトブキ尾本店三階、貸しホール内に特設されたお化け屋敷。

その受付席にて、私は今日のアルバイトの責任者、芥子川《けしかわ》リーダーから説明を受けていた。

パイプ椅子《いす》に腰かけた彼女は、手元にあるポスターへ目を通しながら、クマのべっとりこびりついた目をしきりに指でこする。

椅子に座って足を組む彼女は、驚くぐらい足が長くてスタイルもいいのだけれど……いかんせん、その濃いクマとけだるげな喋《しゃべ》り方のせいで「不健康そう」という印象が勝ってしまう。

彼女は眉間《みけん》のシワをぎゅっと深くして、ポスターをにらみつけながら言った。

「えーと……一応ウチは山奥にある呪《のろ》われた人形寺っていうコンセプトでやってるんだけど……ま、こういう細かいところは気にしなくていいから、私もよく分かってないし」

「は、はあ……?」

……そこは細かいところなのか? 結構重要なところではないのだろうか?

「お化け屋敷で大事なのはガキどもをビビらす、そしてさっさと追い出す、それだけだよ」

「……追い出す?」

「この手のお化け屋敷にありがちなんだけど、出口付近にビビった客が詰まるんだよね。で、団子になる。そうなるともう最悪。出口付近に客がどんどん溜《た》まっていって、次の客を入れられなくなるし、暗いのをいいことにナンパを始めるアホな連中もいる」

「な、なるほど」

全然知らない世界の常識に思わず感嘆の声をあげる。

お化け屋敷でナンパなんて、なんというか、世の中には随分逞《たくま》しい人がいるんだなぁ……

「つまりキミの役目は、お化け屋敷の最後で飛び出してヤツらを死ぬほどビビらせ、泣きながら逃げ帰らせること、頑張って」

「なるほ……ん?」

ちょっと待って……ビビらせる？

「……あの」

「ん？」

「私って、その……もしかして、いわゆるお化け役なんですか……？」

芥子川《けしかわ》リーダーが少し考えるようなそぶりを見せて、

「あそっか、そのへんちゃんと伝えてないんだっけ……うん、そうだよ。今日のキミはお化け役、なんだっけあの……ああそうそう、呪われた人形役だ」

「も、もっとこう、受付とかそういう仕事じゃ……？」

「土日なら混んでるから受付も何人か立てたりするけど、今日水曜だからね。私一人でじゅーぶん。バイトにお金の管理任せる訳にもいかないしさ、もしかしてお化け役自信ない？」

「…………いえ」

お化け役に自信のある人なんていない！　と叫びたかったけれど、ぐっと堪《こら》えた。

もしも彼女の機嫌を損ねてしまって「じゃあ帰っていいよ、お疲れ様」なんて言われようものなら絶望的だ。本当にそんなことがあるのか分からないけど。

「お、おばけ、だいすきです」

引きつった笑みで答えた。

芥子川リーダーは、さして関心もなさそうに「そっか」とだけ言って、私にある物を手渡してくる。

……白装束に長髪のカツラ？　そしてこっちは……あの、〝名前は分からないけれど幽霊がよく頭につけている白い三角の布〟……

「お化けセット、向こうに控え室があるから着替えて来てね、荷物もそこに置いてくること……あっ、そうだ、控え室に赤いペンがあるから、もしアレならメイクに使ってもいいよ。こう、血糊《ちのり》っぽい感じで」

「ええと、私あんまりこういうの詳しくないんですけど」

私は〝名前は分からないけれど幽霊がよく頭につけている白い三角の布〟を指でつまみながら言う。

「私、呪《のろ》われた人形役じゃないんですか……？」

「えっ？」

「これ幽霊の仮装じゃ……」

言われて、芥子川《けしかわ》リーダーは眉間《みけん》に刻んだシワをぎゅっと深くし、仮装を凝視した。

「……ホントだ、もう二週間ぐらいやってるけど、今初めて気付いた。キミ、意外と細かいところに気がつくねえ」

「あ、ありがとうございます……？」

本当に細かいところなのか？　芥子川リーダーがアバウトすぎるだけでなく？

「でもま、そういうのは気にしなくてダイジョーブ、どうせ暗がりでよく見えないし、大声でワーって脅かせば、客も雰囲気でビビってくれるから。あ、そうだこの懐中電灯も持っていきな、照明落としてるし、暗くてよく見えないだろうから」

だ、大丈夫なのかな、このバイト先……

私はそこはかとない不安を感じながら、芥子川リーダーから懐中電灯を受け取った。

「じゃ、今日一日、頑張ってね～」

芥子川リーダーがひらひらと手を振り、そのまま受付のテーブルに向かって、なんらかの作業を始めてしまう。

私はしばらく彼女の丸まった背中を見つめたのち、懐中電灯の明かりを頼りに、暗がりの中をおっかなびっくり歩き始めた。

言うまでもなく、不安でいっぱいだった。

もちろん、バイトの詳細を聞かず二つ返事で「やる」と答えてしまった私が悪い、一番悪い。

でも、それにしたって……

「お化け役なんて無理だよぉ……」

思わず、弱音がこぼれてしまった。

芥子川リーダーは「ワーって脅かせば大丈夫」と言っていたけれど、まず前提としてその「ワーっと脅かすこと」に自信がない。

人見知りな私が、幽霊の仮装をして見ず知らずの他人を怖がらせる？　ただ言葉を交わすだけでも相当な勇気が必要なのに、大声をあげて脅かす？　本当に？　そういう悪夢とかじゃないよね、これ……？

頬《ほお》をつねってみたけれど、普通に痛かった。現実だ。

〝潮《うしお》〟でのアルバイトでほんの少し自信がついたと思ったら、その矢先にこれである。いきなり飛び越えなきゃいけないハードルが高すぎる！

極めつけは……

「ひぃっ⁉」

爪先《つまさき》に何かが触れて口から心臓が飛び出しそうになってしまう。

慌てて懐中電灯を向けると、剝《む》き出《だ》しになった配線がそこにあるだけだった。

——これである。

私はまず前提として、ホラーが大の苦手なんだ！

一応言っておくけれど、ここはお化け屋敷の中ではなくその裏側。

だからこちらを脅かしてくるような仕掛けなんて何一つないはずなんだけど……いかんせん、私は蚤《のみ》の心臓なんだ！

お化け屋敷の中から聞こえてくる「ひゅーどろどろ」という感じのBGMはもちろん、そのへんに転がっている小道具や空調の駆動音、もっと言えばこの暗闇《くらやみ》がすでに怖い！

「か、帰りたい……」

開始5分ですでに「帰りたい」が出てしまった。

でも一度引き受けた仕事を投げ出すのがよくないということは、さすがの私でも分かる。

一日、今日一日我慢すればいいだけなんだ。気を引き締めないと……

全くと言っていいほど気は進まなかったけれど、自分に言い聞かせながら、やっとのことで従業員用の控え室の白い扉の前までたどり着いた。

「お邪魔しまーす……」

おそるおそる扉を開いて、中を覗《のぞ》く。室内は薄暗く雑多なホールとは打って変わって、照明で明るく照らされた殺風景な部屋だった。

中央に大きなテーブルと、申し訳程度に添えられた椅子《いす》、あと背の高いロッカーが壁沿いに並んでいる以外は、よく分からない機材が部屋の隅へ追いやられているだけだ。

控え室までお化け屋敷風にデコレーションされていたらどうしようかと心配していたので、ひとまず安心した。ここを私の聖域としよう……

「ええと、まず荷物を置かなきゃ……」

私はあたりをきょろきょろと見渡して、とりあえず荷物は部屋の隅に寄せておくこととした。

誰もいないみたいだし、ついでに着替えも済ませちゃおう。

それにしても数日前はエプロンだったのに今じゃ死に装束なんて……なんで若いみそらで

こんな、私まだ17歳なのに……

なんて感じで不満たらたら服の上から白装束に袖《そで》を通していると、背後から物音がした。

「ひっ!?」

私は弾《はじ》かれたように振り返る。

見ると、ロッカーの一つが半開きになっていて「キィキィ」と嫌な音を立てていた。

あれ……？　さっき、ロッカー閉まってたよね……？

気付いた途端に、さああっと全身から血の気が引く。

……絶対に、絶対に！　そんなことはないと思うけれど！　もしかしてロッカーの中に「何か」が入っているのではないかと遠目に様子を窺《うかが》う。

でも、開いているのはほんの僅《わず》かな隙間《すきま》で、ここからじゃ分からない。

「……」

私はごくりと唾《つば》を呑《の》んで、ゆっくりとロッカーへ歩み寄る。

もちろん何もない、何もないはずだ！　でも念のため、念のために……

何度も自分に言い聞かせながら、少しずつ距離を詰めていく。

そしてロッカーに手の届く距離まで来たところで……足に何かが触れた。

「えっ？」

また何かの配線でも引っかけてしまったのだろうかと足元を見下ろす。

初めはそれがなんなのか理解できなかった。いや、視界には入っているはずなのに、脳が理解するのを拒否していた。

でも、やがて理解してしまう。

――テーブルの下から伸びてきた真っ赤な手が、私の足首を摑《つか》んでいた。

「ひゅっ……！」

ぐらりと視界が揺らぐ。

悲鳴をあげる間もなく世界が傾いていって――私は生まれて初めて、卒倒した。

ぺしぺしと頰《ほお》を叩《たた》かれる。

いや、よく考えれば長い時間ずっと「ぺしぺし」されていたような気もする。

いかんせん、頭の中に靄《もや》がかかったように意識がはっきりとしていないせいで、そのへんは分からない。

「ねぇー……すみませんでしたって……いい加減目を覚ましてくださいよー……」

頭上から、誰かの声が聞こえる。

女の子？　声が若いから芥子川《けしかわ》リーダーではないようだけれど……

ううん、前後の記憶がはっきりしない。私は何をしていたんだっけ？

「そろそろ起きないと、バイト始まっちゃいますよぉ……芥子川リーダーに怒られちゃいますよぉー……」

「……バイト」

そうだ、私はバイトに来たんだ。

「ううん……？」

だんだん意識がはっきりし始めた。背中が痛い、薄く開いた瞼《まぶた》から照明の光が差し込んできて、あまりの眩《まぶ》しさに目が痛む。

そして、ようやく気付いた。

私の頬《ほお》を「ぺしぺし」叩《たた》く真っ赤な手に——

「ひぎゃあっ！！？」

「うわっ!?」

私が驚きのあまりに叫ぶと、赤い手の彼女も悲鳴をあげて尻《しり》もちをついた。

ゆっ、幽霊っ!?　呪《のろ》われた人形!?

「ナムアミっ!?」

咄嗟《とっさ》に念仏を唱えたつもりだったんだけど、うろ覚えすぎて珍妙な鳴き声みたいになってしまった。

しかし赤い手の彼女には効果があったらしく、彼女は一度「へ？」と間の抜けた声をあげたのち、ぶんぶんとかぶりを振った。

「ちっ、違う違う！　ボクまだ生きてますから！　幽霊じゃありませんからっ！」

「で、でででも、手が血で真っ赤にっ……！」

「これは赤いペン！　ボクが自分で塗りたくったんです！」

「へっ……？」

赤いペン？

そういえば確か、芥子川《けしかわ》リーダーが控え室に赤いペンがあるとかなんとか言っていたような……じゃあ、目の前の彼女は、

「人間……？」

「そ、そうですよ？」

彼女は私に負けず劣らず、びくびくしながら答える。

ようやく思考が冷静になってきて、彼女を観察する余裕ができた。

――彼女は、ちょっと目を見張るぐらいの美少女だった。

肌は透き通るぐらいに白いけれど、本当に透き通ってはいない。

足もあるし、髪を縛ってサイドテールにしてパーカを着た幽霊なんて聞いたことがないので、確かに生きた人間なのだろう。

でも……

「中学生……？」

最初にそういう感想が出てきてしまうぐらい、彼女は幼く見えた。

私の従姉妹《いとこ》の凛香《りんか》ちゃんよりも更に小柄で、肌も白く、目もお人形みたいに大きい。というより、全体的にお人形のような子だった。小学生と言われても納得してしまうかもしれない。

でも、彼女はそれを否定する。

「ち、違いますよ。ボクは十麗子《つなしれいこ》、ここのアルバイトで、桜庭《さくらば》高校の一年生でして……」

高校生？　というか桜庭高校って……

「私も桜庭高生だけど……二年の、佐藤《さとう》こはる……」

「あれっ、センパイですか？　へぇえ、こんな偶然あるんですねぇ、でもここではボクの方がセンパイなので！　気軽にツナちゃんって呼んでいいですよ！　ボクはこはるんって呼びますから」

「こはるん……？」

早口で捲《まく》し立てられて、なんだかよく分からないうちに生まれて初めて人からあだ名をつけられてしまった。同じ高校だと分かった途端、急にフレンドリーだ。

ともかくセンパイってことは、目の前の彼女は……ここのアルバイト？

だんだん状況が呑《の》み込めてきた。でもそうなると今度は当然の疑問が一つ浮上してくるわけで……

「ツナちゃん、なんで私のこと脅かしたの……？」

「うっ」

問い詰めると、ツナちゃんはばつが悪そうに目を逸《そ》らした。

「えーと、その、あれはある種のリハというかなんというか……あ、あぁ～っ！　もしかしてこはるんお化け屋敷のアルバイト初めてですかね⁉　じゃあ知らないでしょうねえ、この界《かい》隈《わい》では割りと普通の挨拶《あいさつ》みたいなもので……」

「……へぇ、挨拶」

じとーっとツナちゃんを見つめる。

挨拶、挨拶ね。私の目を見ながら言えたら、もしかしたら信じていたかもしれないけど。

「……ごめんなさい嘘《うそ》吐《つ》きました。芥子川《けしかわ》リーダーから今日一日限りの新人が来るって聞いてたので、ちょっと脅かしてみようと思っただけです……」

ちょっと⁉

あんな完璧《かんぺき》な演出をしておいて、ちょっと⁉

「危うく心臓止まりかけたよっ⁉　本当に幽霊になるところだったんだから！」

「す、すみません……まさか気絶までするとは思ってなかったもので……」

私だってまさかって感じだったよ！　蚤《のみ》の心臓はもうちょっと丁重に扱ってほしい！

「とっ、ともかく今日一日だけですけど、よろしくお願いしますねこはるんっ！　頑張っていっぱいお客さんを脅かしましょう！」

「私はもう一生分驚いたんだけど……」

なんかいい感じにまとめようとしているけれど、全然納得いかない。

うぅ、思い出したらまた心臓がバクバクいいはじめた……！

「ところで、こはるんはどっち派ですか!?」

なんとか話題を逸らしているつもりなのだろうか、ツナちゃんはおもむろにそんなことを尋ねてきた。脅かされた件についてはやっぱり釈然としなかったけど、一応センパイなので聞き返す。

「……どっち派って？」

「いやですねぇ、和洋でいえばどっち派か、ですよ」

……なんだろう、いかにも「常識」みたいに、初めてされるタイプの質問が飛んできた。

和洋？　食べ物の話ならどちらかと言えば洋食派だけど、なんか違う気がする。

ツナちゃんも私の反応を見て不安になったのか、更に言葉を重ねた。

「こっ、こはるんはとぼけるの上手ですね!?　ジャパニーズホラーと、アメリカンホラー、映画でいえばどっちが好きかって話に決まってるじゃないですか！」

……やっぱり初めてされるタイプの質問だった。

「ごめん、私そういうのあんまり詳しくなくて……」

「えっ……」

ツナちゃんが捨てられた子犬みたいな顔になってしまった。

「……あぁ！　なるほど！　いわゆる〝和洋で乱暴に分けるのはよくないよ派〟ですか！　うんうん、挨拶《あいさつ》代わりに易しい質問をしたつもりだったんですが、ちょっとこはるんを侮《あなど》りすぎましたね！　じゃあああえて好きなホラー映画をーつ選ぶとしたら——!?」

「ご、ごめん、言い方が悪かったね、私ホラー映画ってマトモに観たことがないの」

再び捨てられた子犬のような顔。なんだかこっちが申し訳ない気分になってくる。

「あ、あぁー……さては漫画派でしょうか？　ボクも好きなんですよ、特に八〇年代あたりのものはもう最高ですよね！　見かけによらず意外と渋い趣味を……」

「ごめん、漫画も……」

「……しょ、小説派？　最近は韓国《かんこく》のホラー小説とか結構伸びてきてて……」

「小説自体そんなに読んだことがなくて……」

「……ご趣味は」

「趣味……ああ！　最近は写真を撮ることが」

「——心霊写真!?」

「違うよっ!!」

押尾《おしお》君との思い出のメモリーになんてことを言うの！

夜、ひとりベッドで押尾君との写真を見返してにやけるのが私の日課なのに、次から何か変なものが写ってないか気にしてしまいそうじゃないか！

そして、ここまで言えばさすがの彼女も気がついたらしい。

「……もしかして、こはるんってホラー苦手な人だったりしますぅ……？」

私は何度も力強く首を縦に振った。

——ホラーなんて苦手も苦手、大苦手だ！

映画も漫画も小説も、とにかく「ホラー」と名のつくものは全て遠ざけて生きてきたし、なんなら「ホラー」という単語を聞いただけでも恐怖でお腹の底が冷えてくる……！

そんな私を見て、ツナちゃんは心なしか呆《あき》れたように、

「……好きでもないのにこのバイト志望したんですか？」

「うっ」

痛いところを突かれ、今度は私が呻《うめ》く番だった。

……言われてみれば彼女の反応はもっともだ。

今までの口ぶりから察するに、たぶん、というか確実に、ツナちゃんはホラーそのものが好きなのだろう。

その一方で、こんなにもホラーを苦手な私がお化け役をやるなんて、改めて考えたらすごく不誠実なことなんじゃないかと思えてくる。

「確かに、好きでもないのにこのバイトを選んだのは私が悪いのかもしれないけど……」

「……ふ――ん、いいんじゃないですかぁ別に、どうせこはるんは今日一日だけですし、お金のためだけに好きでもない仕事をする人がいても変じゃありませんよ。バイトは人それぞれですからねー」

せ、センパイを拗《す》ねさせてしまった……

「……せっかく、お化け屋敷でのバイトなら同志を見つけられると思って、この炎天下の中わざわざ尾本町《おもと》まで自転車を漕《こ》いできたのに……誰も言うほどホラー詳しくないし……」

ツナちゃんはすっかり意気消沈した様子で、ぶつぶつと呟《つぶや》きながら白装束に着替え始めた。

ここまで露骨にがっかりされると、さすがに申し訳なくなってくる。

「ご、ごめんねツナちゃん！　私ホラーは苦手だけど、今日は精一杯頑張るから……！」

「心意気は立派だと思いますけど、そんなに甘くないですよ、お化け役っていうのは」

白装束に着替えたツナちゃんがこちらに背を向け――どうやら彼女のものらしい――なにやら大きなリュックサックをごそごそと漁《あさ》り始めた。

何をしているんだろう……？

私は、彼女の背中越しに、手元を覗《のぞ》き込んで――

「ひゅっ……!?」

ソレを目撃した時、私は声にならない悲鳴をあげてしまった。なんならもう一度気絶しかけたぐらいだ。

何故《なぜ》なら彼女の手にしたソレが、見ているだけで呪《のろ》われてしまいそうなぐらい禍々《まがまが》しい〝仮面〟だったからだ。

「つ、つつつつ、ツナちゃんっ!?　なにそれっ!?」

「ふふ、驚きましたか？　これぞボクの自作した〝呪いの人形面〟です！　アメリカの某有名ホラー映画からインスピレーションを受けて作ってみたんですが……ほら、見てくださいこの罅《ひび》割《わ》れの質感！　再現するのに苦労したんですよ！」

「わ、分かったから近付けないでぇ……」

ツナちゃんが早口で捲《まく》し立てながら仮面を近づけてきたせいでふにゃふにゃの声が出てしまった。怖すぎる！　今日の夜夢に出てきそう！

でも……

「……そ、それ、ツナちゃんがわざわざ作ったの？　このバイトのために？」

「半分ぐらい趣味も入ってますが、まぁそうですね」

すごい。これは素直に尊敬してしまった。

彼女の作った呪いの人形面は、そういったものに詳しくない私でも一目で（あんまり直視したくないけれど）かなり手の込んだ物だと分かる。それに、そのまま商品として売られてたって不思議じゃないぐらいの完成度だ。これをわざわざ自作したなんて……

「……やっぱり人形寺なのに幽霊の衣装なのが気に入らなくて？」

「おぉっ！　よく分かりましたね！」

もしかしたらと思って言ってみたのだけど、どうやら当たっていたらしい。ツナちゃんの目がきらきらと輝いた。

「今までバイトに来た人たちは何人かいましたが、そこに気付いたのはボク以外だとこはるんだけですよ！　少しだけ見直しました」

「そ、そう？」

「素質ありますよ。今度おすすめのホラー映画のＤＶＤ貸しましょうか!?」

「い、いやだ」

申し訳ないけれどそこだけは譲れなかった。

私一人でそんなものを観た日には、次こそ気絶程度で済まない自信があった。

「むぅ……まぁ、無理にとは言いませんけどね……」

そう言う割りには不満げに唇を尖《とが》らせている。

……まだ出会って間もないけれど、だんだん彼女のことが分かってきた。

ツナちゃんはホラーが好きで、ホラーのことになると途端に早口になり、感情が表に出やすくなってしまう。どこまでも好きなことに一生懸命な子だ。

私にはそんな彼女が、なんだか少しだけ眩《まぶ》しく見える。

「どうですか？　こんな安っぽい白装束でも、ボクの仮面と合わせればなかなかでしょう」

「で、できればあんまりこっち向かないでほしいかなっ!?」

ホラー趣味だけはあんまり理解できる気がしないけど……

一応言っておくけど、私が彼女を直視できないのは「彼女が眩しすぎて」とかではなくて、単純に怖すぎるせいだ。

ツナちゃん、黙ってればお人形さんみたいに可愛《かわい》いのに、呪《のろ》われてるんだよなぁ……

「おっと……こんなことしてる場合じゃありませんね。そろそろ最初のお客さんが入り始める頃です」

呪われた人形、もといツナちゃんが言うので、改めて気を引き締めた。

そうだ。何度も言うようだけど、私はここへアルバイトをしにきたのだ。

「わ、私はどうすればいいかな?」

「もちろん素人《しろうと》のこはるんにいきなりお客さんを脅かせなんて酷なことは言いません。まずはボクがお手本を見せましょう。今日の脅かし役はボクとこはるんしかいないので、ちゃんと見て覚えてくださいね?」

「は、はい！」

「じゃあとりあえず控え室を出ましょうか、お化け役の待機ポイントまで案内します。ここからは声を抑えてください」

ツナちゃんは控え室の扉を開いて暗闇《くらやみ》の中へと歩き出した。彼女は懐中電灯もなしに暗がりの中をすいすい進んでいく。私は置いていかれないようついていくので必死だ。

な、なんだろう……！　仕事モードのツナちゃんが予想以上に頼もしい!?

でも考えてみれば当然だ。こと「お化け屋敷」のアルバイトにおいて、彼女の溢《あふ》れんばかりのホラー愛は、なによりも信頼できる！

私はもしかして、素晴らしいセンパイに恵まれたのでは……？

彼女に導かれるがまま進んでいくと、やがてぼんやりと薄明かりの灯《とも》った空間にたどり着いた。そこでツナちゃんは立ち止まる。

「──ここが迷路の最終コーナー、お化け役の待機ポイントです。ほら、この暗幕から通路が見えるでしょう？」

「うん、うっすらとだけど……」

「じきに目が慣れますよ。あとお客さんがそこの角に差し掛かるとセンサーが反応して鈴の音が鳴りますので、それが合図になりますね。そしたらタイミングを見計らってここから飛び出してお客さんを脅かします。向こうに見える出口からお客さんが脱出したら、再び待機ポイントに戻って次のお客さんがやってくるのを待つ、基本はこれの繰り返しですね」

「なるほど……！」

「あと、お客さんに触れることだけは絶対にＮＧです」

「それはどうして？」

「危ないんですよ。ただでさえ暗い上に、お客さんも走って逃げ回ったりします。そこでお化け役のボクたちがお客さんに怪我《けが》をさせるようなことがあれば一大事ですので、念のためですね。ボクたちはあくまで脅かすだけです」

なるほど、なるほど……

ただお客さんを脅かすだけかと思っていたけれど、思っていたよりしっかりとルールが決まっているらしい。これも一種のサービスなのだと改めて実感する。

すると――すぐ近くから「ちりりん」と鈴の音がした。私は一気に身体《からだ》を強張《こわば》らせる。

「つ、ツナちゃん、これって……!?」

「……ええ、どうやら来たみたいですね」

ツナちゃんのボリュームを落とした一言で緊張が走る。

と、とうとう始まってしまった……！

脅かす側はこちらであるはずなのに、心臓がばくばく鳴って止まらない。リレーで自分の番を待つかのような緊張感だ……！

「そんなに緊張しないでください。まずはボクが一人で脅かしますから」

「だ、大丈夫……？」

「愚問ですね、ボクは古今東西のホラーを研究した最恐のホラーオタクですよ。人が恐怖を感じるパターンは、全てここに入っています」

ここ、と言ってツナちゃんは自信たっぷり自らのこめかみをこつこつと指で叩《たた》いた。

——かっ……カァッコいいぃぃ〜〜〜っ!?

その仕草一つで、私の中での彼女に対する信頼度がぎゅんぎゅんと音を立てて上昇した。尊敬の眼差《まなざ》しだ。

「ま、見ててください……ほら、ターゲットが来ますよ」

ターゲット!?　プロはお客さんをそう呼ぶの!?　カッコいい……じゃなくて!

私はツナちゃんの視線の先を目で追う。ツナちゃんの言う通り、ほどなくして向こうの角から三人組の男性が現れた。

おそらく高校生、それもなんらかの部活仲間なのかな?　揃《そろ》って頭を坊主にしている。

三人ともいかにも「運動をやってます」という感じの体格なので一瞬気圧《けお》されてしまったけれど……よく見れば、彼らは暗がりでも分かるぐらいびくびくしていた。

「うわっ!　絶対ここお化け出てくるとこじゃん……!　こえ〜〜っ!」

「マジであそこ通らないといけないのかよ!?　ちょ、ケンジ先行けよ!」

「おいやめろ押すな!　コケる!」

私たちは暗幕の内側にいるので向こうからはまだ見えていないはずだけど、その怯《おび》えようときたら、たとえばどこかでキャンと子犬が鳴いただけで悲鳴をあげて飛び跳ねそうな勢いだ。

——そうだ。脅かす側であるはずの私でさえこれだけ怖いのだから、脅かされる側である彼らはもっと怖いに決まっている！

　さっきまで不安で仕方なかったんだけれど、怖がる彼らを見ていたらなんだか自信が湧《わ》いてきた！　これなら私でも脅かせるかも……!?

「脅かすのはターゲットがポイントを通過しかけた瞬間です。脅かすのが早すぎるとターゲットがコースを逆走してしまうおそれがありますし、かといって遅すぎてはターゲットの注意が出口に向いてしまって、脅かした時の効果が半減してしまいます。見極めが大事なんですよ」

「なるほど……！」

「では、そろそろ」

　ツナちゃんが仮面の唇に指をあてて「しーっ」の形を作る。

　未《いま》だかつて、こんなにも頼もしい背中は見たことがない！

　そしていよいよ、三人組がおっかなびっくり脅かしポイントへと差し掛かった。

　ツナちゃんが呼吸すら止めて意識を集中させる。張り詰めたような空気の中、まさに「今この瞬間！」というタイミングでツナちゃんが暗幕から飛び出した！

　早すぎず遅すぎず、あまりにも完璧《かんぺき》なタイミングでの登場。これには彼ら一同ぎょっと目を剝《む》き、悲鳴をあげる準備をする。そこへツナちゃんが渾身《こんしん》の脅かしを――

「う、うわぁぁぁあっ」

「えっ？」

えっ？

彼ら三人の「えっ？」という声に、私の心の声が重なった。

つ、ツナちゃん声小さ……

当然、そんな蚊の鳴くような声ではいくらツナちゃんの仮装が怖くても悲鳴はあがらない。ツナちゃん含め、全員がどうしていいか分からずその場に固まってしまっている。

一転して、微妙な空気が漂っていた。

「……」

「……」

暗がりの中、両者見つめ合ったままの膠着《こうちゃく》状態が続く。

ど、どうなっちゃうのこれ⁉　ここからどうやって脅かすの⁉

この先の展開が一切想像できずいろんな意味でハラハラしていると、ツナちゃんが動いた。

一体何を仕掛けてくるのかと彼らは一瞬びくりと肩を震わせたけれど――なんのことはない。ツナちゃんのそれは、ただの小さな会釈だった。

呪《のろ》われた人形がぺこりと頭を下げて軽く一礼したのだ。シュールすぎる。

「……？」

彼らは戸惑いながらもぺこりと会釈を返す。そしてお互い会釈をし合ったところで……ツナちゃんはすすすと後ずさり、暗幕の中へ戻ってきてしまった。

お……終わり!?

ターゲットの三人は、もうどう反応していいのか分からないらしい。ツナちゃんの消えた方向を見つめたまま頭の上に無数の疑問符を浮かべて立ち尽くしている。

「……出るか」

やがて三人のうちの誰かが言って、彼らはなんとも言い難い表情のままこの呪われた人形寺を脱出する。三人とも、首を傾《かし》げながら。

私はおそるおそるツナちゃんの表情を窺《うかが》った。

仮面越しでツナちゃんの表情は見えないけど……彼女の小さな肩はぷるぷると震えている。

私は慎重に言葉を選んで……

「ええと……ツナちゃん、今のは和？　それとも洋？」

「――だってしょうがないじゃないですかっ!?」

ツナちゃんが仮面を外して大声をあげた。恥ずかしさのあまりだろうか、この暗闇《くらやみ》でも分かるぐらい顔面が真っ赤に染まっている。

「相手は男の人ですよっ!?　しかも初対面の！　大声あげて脅かすなんて無理ですよ無理！」

「いや、それは全面的に同意できるけど……でもさっき人が恐怖を感じるパターンは全部そこに入ってるって……」

「入ってることと実際取り出せるかどうかは別問題です！」

「……意味なくない？」

「し、仕方ないでしょう!?　恥ずかしいものは恥ずかしいんですから！」

「私のことは気絶するまで脅かしたくせに……」

「そ、それは……こはるんが弱そうだったので……」

「弱そう!?」

衝撃発言すぎて繰り返してしまった！

初めて言われたよそんなこと！　しかも初対面の人から！

じゃあ「もし反撃されてもこの子なら返り討ちにできそうだな」って基準で選んだってこと!?

「というかツナちゃん!?　そんな調子ならいつもはどうやって脅かしてたの!?」

「それは……さりげなーくもう一人のバイトの人に任せて、ボクは子どもを専門で脅かしてましたけど……」

「きっ、汚い!!　汚いよツナちゃん！」

というか情けないよ！　さっきのカッコいい発言から一転してめちゃくちゃカッコ悪い！

プロのくせに人選んでるし！

あと流しかけたけどそれ、暗に私が「子ども並みに弱そうに見える」って言ってるよね!?

「ううう、うるさいですよっ！　某殺人ピエロだって子ども専門です！　そういうキャラでやってくって決めたんですボクは！　……というかそこまで言うならこはるんがやってみればいいじゃないですかっ!?」

「えっ、私!?」

「そうですよ！　ほら、もうすぐ次が来ますから！」

「そんな急に言われても！　私まだ何も教わってないのに……！」

「ガッと出てワーッと脅かせばいいんですよ！」

アバウト！　さっきまであんなに色々語ってたのに、一番肝心なところがアバウトだよツナちゃん！

抗議の声をあげようと思ったけれど――遅かった。

ちりりんと鈴の音がして、向こうの角から次のお客さんが姿を現す。

「うぅ……もうやだよぅ、はやくかえりたいよぅ……！」

「だ、だいじょうぶよミチカ、ほらもう出口が見えてるじゃない！」

現れたのは女子小学生の二人組。さっきの三人組もまあまあの怯《おび》えようだったけれど、今度はそれ以上だ。

彼女らの足は生まれたての小鹿のように震えており、お互いに肩を抱き合うことでなんとか立つことが出来ている状態である。泣くのを我慢しているらしく声も震えていた。見ているだけで可哀想《かわいそう》になってくる。

――私、今からあの子たちのことを脅かすの!?　あんな小さな子たちを!?

アイコンタクトでツナちゃんに訴える。ツナちゃんが無言でGOサインを返してきたので、私はいよいよ逃げ場を失ってしまった。

……彼女たちがいったい何をしたというのか。

きっと彼女らは、夏休みに仲良し二人組でショッピングへやってきて、そしてちょっとした好奇心からここへ訪れただけなのだろう。しかし今となってはその時の軽率な判断を後悔しているはずだ。もしもこんな場所を見つけなければ、今頃は親友とのショッピングを楽しめていただろうに……

そんな彼女らを全力で脅かす？　二人の幸せな時間にトドメを刺す？　私が？

「うぅぅっ……！」

まずい！　彼女らの背景を想像したら緊張と罪悪感で胃がキリキリしてきた……！

余計なことを考えるな佐藤《さとう》こはる！　私の仕事はあくまでお客さんを脅かすことであって、それ以上でもそれ以下でもなくって……！

そんな風に葛藤《かっとう》していると、ついに彼女らが脅かしポイントまでやってきてしまう。

――こうなったらやるしかない！

私はもうどうにでもなれという気持ちで、勢いよく暗幕から飛び出した！

「ひぃっ!?」

よしタイミングは完璧《かんぺき》！　彼女らもこちらを見上げたまま固まってしまっている。あとは勇気を振り絞って大声をあげるだけ……

「ふぇ……」

……のはずだったんだけれど、今まさにあげようとしていた声が、喉《のど》の奥の方へひょっと引っ込んでしまった。

二人組の片割れ——確かミチカちゃんと言ったか——が恐怖のあまり、私の姿を見ただけでその場にぺたんと尻《しり》もちをついてしまったのだ。

「えっ」

てっきり悲鳴をあげて逃げ出すものだと思っていたばかりに、私はフリーズしてしまう。

えっ!?　このパターンはどうすればいいの!?

ツナちゃんに助けを求めようと振り返ろうとしたところ、それは起こった。

床にへたり込んだミチカちゃんの顔がくしゃりと歪《ゆが》んだのだ。

ま、マズイ、これはっ……!?

「うえええええええええん……!!」

——やってしまった。ミチカちゃん大号泣だ！

私は自分の役割さえ忘れ、慌てて彼女に駆け寄る。

「ご、ごめん！　ホント——にごめんね!?　怖かったよね!?　痛いところとかない!?」

「ひっぐ、うぐ……うえええええええん!!」

全然泣き止まない！

いや、そりゃそうだよね！　脅かしてきた相手に慰められてもね!?

あ、あああ、どうしようだっこして外まで運んだ方がいいのかな!?　でもツナちゃんはおばけ役がお客さんに触れるのはNGって言ってたし、でも今は非常事態なわけで……非常事態？　これ非常事態だよね!?　ああ、わけわかんなくなってきた……！

声をあげてわんわん泣くミチカちゃん、あわあわしながら今にも泣き出しそうな私、もうメチャクチャだ。

「ミチカ！　いくわよ！」

結局、もう一人の子がミチカちゃんを助け起こし、そのまま手を引いて、二人で迷路を脱出してしまった。

「……」

……呆然《ぼうぜん》と、立ち尽くす。

迷路の中を流れるノイズまみれの「ひゅーどろどろ」なBGMが、やたらむなしく私の耳に響いた。

「むむむ、こはるん意外とやりますねぇ」

いったいどれぐらいこうしていたのだろう。いつの間にか、私の隣にツナちゃんが立っていた。

「まさかこちらは声もあげずに相手を泣かせるだなんて、素質ありますよ」

「……私は高校生にもなって、女子小学生を本気で泣かせて……」

「その調子です！　次はちょっと頑張って女子中学生いってみましょう！」

「……辞める」

「えっ？」

「もうこのバイト辞める！　芥子川《けしかわ》リーダーに伝えてくる！　ツナちゃんセンパイ短い間だけどお世話になりました！」

身体《からだ》を翻して、芥子川リーダーの下へと向かう。宣言通り、辞退の意志を伝えるために。

やっぱり初めから素直に「自信がない、お化け役なんて聞いていなかった」と言うべきだったんだ！　とてもじゃないけど、こんなバイトは続けられない！

「ちょっ……ちょちょちょちょちょちょ!?」

ツナちゃんがすかさず背後から飛び掛かってきて私を羽交い絞めにした。振りほどこうとしたけど向こうも必死で、その小さな体からは想像できないほどのパワーだ。

「落ち着いてくださいこはるん！　いったい何が不満なんですか!?」

「全部だよっ！　私、女子小学生泣かせてお金貰《もら》いたくなんかないもん！」

「……男子小学生だって泣かせられますよ？」

「ヤダヤダヤダっ！　もう帰る！　お先上がります！　お疲れさまでした！」

これから老若男女の泣き顔を見ることを考えたらそれだけで気分が重くなった！　やっぱり私にこのバイトは向いていなかったんだ！

渾身《こんしん》の力を振り絞って拘束から抜け出そうとする。そしてあと一息で脱出できるというその時、ツナちゃんが叫んだ。

「――こっ、こはるんがいなくなったらボク一人になっちゃうじゃないですかっ⁉」

「っ……！」

ツナちゃんの拘束が外れる。でも私はその場に留《とど》まった。留まるほかなかった。

……そうだ。私がもしここでバイトを投げ出せば、今日はツナちゃんが一人でお化け役を務めることとなる。子どもしか脅かせない彼女が、だ。

もしそうなったら……

「そうなったら、このお化け屋敷、今日で潰《つぶ》れちゃうかもしれません……！」

その一言が決定的だった。

……もちろん誰かを脅かして泣かせてしまうのは気が進まない。

だけど私のせいでここが潰れてしまえば、今度はツナちゃんに芥子川《けしかわ》リーダー、ひいてはこのお化け屋敷に携わった全ての人が泣く羽目になってしまう。それはもっと気の重くなることだ。

本当に、ホント――――に嫌だけど……でも……

「……分かった、もう少しだけ頑張ってみる……」

「ホントですかこはるん!?」

「でも、一つだけ聞かせてほしいんだ」

私はツナちゃんに向き直る。そして彼女の目をまっすぐに見据えて、問いかけた。

「ツナちゃんは、どうしてこのバイトをしようと思ったの？」

「どうしてって……」

「ツナちゃん、さっき私に〝お金のためだけに好きでもない仕事をする人がいても〟って言ってたでしょ？　それってツナちゃんは、お金以外の理由でこのバイトを続けてるってことだよね？　……できれば、それを教えてほしいの」

はっきり言って、私には理解できない。

わざわざ怖いものを見たがる人の気持ちも、そんな人たちを怖がらせたがる人の気持ちも。だからこそ知りたいのだ。それもツナちゃんの口から直接聞いてみたい。彼女がこの仕事を続けるモチベーションを。そうすれば少しはこの仕事に意義を見出《みい》だせるかもしれないから。

「……それを言えば、こはるんはここに残ってくれるんですか？」

「うん」

「約束します？」

「約束する」

こちらの真剣さが伝わったようで、ツナちゃんがぐうと唸《うな》った。

「……ぼ、ボクがこの仕事を始めた理由は……」

私は彼女の言葉を根気強く待った。ツナちゃんはしばらく口をもごつかせて、ようやく決心がついたらしく、言う。

「——とっ、友達が欲しかったんです！」

「友達？」

よっぽど恥ずかしかったのだろうか、ツナちゃんはかああっと頬《ほお》を赤らめた。

予想していなかった答えに、私は目を丸くする。

「な、なんですかその顔！　文句があるなら言ってみてくださいよ！」

「いや……私てっきり、ツナちゃんは『ホラーが好きな以外に理由があるんですか？』とか答えるものだと思ってたから……」

「も、もちろんホラーは大・大・大好きです！　だからこそ趣味の合う人が集まりそうなこのバイトを選んだんですよ！」

「……ツナちゃん友達いないの？」

「いるわけないじゃないですかこんなホラーオタクにっ!!」

逆ギレ!?

どうやら私はツナちゃんの変なスイッチを入れてしまったらしい。ツナちゃんのボルテージが見る見るうちに上昇していって、半ばヤケクソ気味に捲《まく》し立ててくる。

「親の影響で小学校の多感な時期にホラーにドハマりしちゃったのが運の尽き！　鞄《かばん》に生首のキーホルダー下げて登校したり、スマホカバーをお気に入りのホラー映画のポスターにしてみたり……そんなことを繰り返してたらいつの間にか友達一人もいなくなっちゃいましたよっ!!　なんですか！　なんなんですかこれっ！」

「ちょっ……ツナちゃん落ち着いて!?」

「ホラーが好きで悪いんですか!?　流行《はや》りのラブロマンスよりもB級スプラッター映画が好きで、ボクが誰かに迷惑かけましたか!?　むしろとっつきやすいでしょう!?　キャラ付けちゃんとできてるんですから！」

「ツナちゃん自分の趣味のことキャラ付けとか言っちゃ駄目だよ！」

「ぅぅぅ……ボクだって友達とSNSで話題のホラー映画観に行ったりする青春送りたかったよぉ……！」

な、泣いてる……！

「ご、ごめんねツナちゃん!?　辛《つら》いこと話させちゃったね……！」

まさかここまで正直にカミングアウトされるとは思っていなかったので、少し……いやかなり戸惑ってしまったけれど、とりあえず私は泣きじゃくる彼女の背中をさすってあげた。

ツナちゃんはひぐひぐとしゃくりあげながら、濁った声で言葉を吐き出す。

「そりゃ、女子高生にしてはちょっとマニアックな趣味ってことぐらい分かります……！　でも、ボクはどうしようもなくホラーが好きなんです……！　暗い中学時代はホラーで乗り切ったんです……！　皆はなんでわざわざこんな怖いものを観るんだと言いますが、その怖いものに救われてる人がいることも知ってほしいんですぅぅっ……！」

「ツナちゃん……」

私には理解できなかった。わざわざ怖いものを見たがる人の気持ちも、そんな人たちを怖がらせたがる人の気持ちも。

でも……きっと心の底からホラーを愛している彼女の言葉だからだろう。

怖いものに救われている人もいる……

どうやら私は、色々と誤解してしまっていたらしい。お化け屋敷のことも、ホラーのことも、そしてツナちゃん自身のことも。

「ツナちゃん、あのね……」

泣きじゃくる彼女へ、どうしてもかけたい言葉があった。でも、それは途中で遮られてしまう。

「……？」

近くからヴーヴーとスマホのバイブ音が聞こえる。

私のスマホはカバンに入れたままなので私ではない。となると……

「ツナちゃん、電話鳴ってない？」

「ぐすっ……ああ、ホントですね……たぶん芥子川《けしかわ》リーダーです……」

「芥子川リーダーから？」

「ええ……芥子川リーダーは受付から離れられないので、連絡用にスマホを持ち歩くよう言われてたんです……ほら、やっぱり……」

ツナちゃんが鼻水をすすりあげながら、懐から取り出したスマホを見せてきた。確かに、着信画面には彼女の言う通り「芥子川」の名前が表示されていた。

……でも、今の彼女が電話に出るのは、なんというか色々と問題がありそうだ。

「……私が代わりに出ようか？　電話」

「そうですね……お願いしてもいいですか？　どうせただの業務連絡でしょうし……」

「う、うん」

私はツナちゃんからスマホを受け取り、電話に出る。

「も、もしもし、私です、佐藤《さとう》こはるです」

『ん？　ああキミか、まぁどっちでもいいや。ちょっと確認したいんだけど、そっちに若い男の二人組は来てないかい？　たぶん大学生なんだけど』

藪《やぶ》から棒。芥子川リーダーが電話越しにそんなことを尋ねてくる。

若い男？　大学生？

お客さんとして、ということだろうか。でも今のところ脅かしポイントへやってきたのは男子高校生の三人組と女子小学生の二人組だけだ。

「いえ、まだ来てないですけど……」

『じゃあ女子大生の二人組は？』

「……それもまだ」

『やっぱりな、いつまで経っても出てこないからおかしいと思ったんだ。次の客を止めておいて正解だった』

芥子川《けしかわ》リーダーが一人納得したように言う。……なんだか嫌な予感がした。

「あの、何かありましたか？」

『団子』

「団子？」

『言っただろう？　おそらく今、二つのグループが通路の途中で詰まっている』

「……迷ってるとかですか？」

『いや、通路は薄暗いだけでただの一本道だからそれはないね。よくあるパターンだと――先に入ったアホ男二人が通路で待ち伏せして、後から来た女子大生の二人組をナンパしてるとか』

「ナンパ……!?」

暗いのをいいことにナンパを始めるアホな連中がいる——

芥子川リーダーの言葉を思い出す。あの時は「そんな人もいるんだなぁ」ぐらいにしか捉《とら》えてなかったのだけれど、まさか本当に……!?

『私の勘だけどね、先に入った若い男の二人組はたぶんクロ』

「わ、私たちはどうすれば!?」

『とりあえずどこで詰まってるかを特定する。そしてもし本当にナンパをしてるようなら、一番近い非常口からお化け屋敷の中に入って、ワーッと脅かして、さっさと追い出す。ナンパなんて勝手にすればいいけど、中でやられるのは困るんだよ。次の客が入れられないからね』

「脅かすって……」

男子大学生の二人組と女子大生の二人組、計四人。それを——脅かす？　その上追い出す？　私かツナちゃんのどちらかが、それをやらなければいけないということか？

かたや子どもしか脅かせず、かたや子どもを泣かせて涙目になるような二人の、どちらかが？

『はぁ、客が並び始めた……これ以上待たせるとクレームになりかねないから、頼むね』

「えっ、ちょっと待っ……！」

『じゃあよろしく』

——切れた。

もう何も聞こえないスマホを耳に当てたまま、呆然《ぼうぜん》としてしまう。

半ば助けを求めるようにツナちゃんの方へ視線を送ると——どうやら今の会話が聞こえていたらしい。彼女は私の顔を見上げたまま、顔面を蒼白《そうはく》させていた。

その反応を見て、この絶望的な状況を改めて認識し、私もまた青ざめてしまう。

「どっ、どどどどうしようツナちゃんっ⁉」

「おちっ、おつち、落ち着いてくださいこはるん！」

そう言う割りにツナちゃんが一番取り乱している。涙もすっかり引っ込んで、代わりにだらだらと冷や汗を流し始めた。

「だだ大丈夫です。ホラー映画ならこういうところでナンパを始めるような輩《やから》が真っ先にひどい目に遭うわけでありまして……！」

「ツナちゃんが落ち着いて⁉ 私たちがひどい目に遭わす側だから！」

「無理ですよっ！ 自分より年上の人なんて脅かしたことありませんもの！ ボクにはできません！」

「わ、私だって無理だよう……！」

女子小学生二人ですらあの体たらくだ。合わせて四人の大学生を脅かす自信なんて、これっぽっちもない。加えてナンパをするような男の人が相手ともなれば、それはもうお化けより怖い！

ともかく私もツナちゃんも脅かせない。芥子川《けしかわ》リーダーは受付から離れられないし、でもこれ以上他のお客さんを待たせるわけにもいかなくて……

　バイトが始まって一時間足らずで、私たちは絶体絶命の窮地《きゅうち》に追いやられてしまった。

「どうしよう……！」

　頭を抱え、知恵を振り絞る。

　でも、私は人を脅かすことに関しては全くの素人《しろうと》で、いくら頭を捻《ひね》ってもこれぞというアイデアは浮かばない。焦りで頭の中が真っ白になるばかりだ。

　それでも必死で何かないかと、頭の引き出しを手当たり次第にひっくり返していると……

「……やっぱり無理だったんですよ」

　ツナちゃんがぽつりとこぼした。

　今までの自信に満ちた口調が嘘《うそ》のような、ひどく弱々しい、諦《あきら》めに満ちた声だった。

　……今なら分かる、きっと、このネガティブなツナちゃんの方が彼女の素なのだろう。

「ツナちゃん!?　ダメだよ弱気になっちゃ！」

「弱気にもなります……そもそもボクみたいなただのオタクがお化け屋敷のアルバイトなんて、思い上がりだったんですよ。好きなことなら続けられると思ったんですけど、向いてなかったみたいです……」

　ツナちゃんががっくりと項垂《うなだ》れ、力ない足取りでその場を離れようとする。

「ど、どこ行くの？」

「……ひとまずお化け屋敷の中を探してみます。それで本当に芥子川《けしかわ》リーダーの言う通りになっていたら……直接口頭で注意します。気は進みませんが、脅かすよりは大分マシですので。……お客さんはがっかりしてしまうかもしれませんけど」

「それは……」

……確かに、ツナちゃんのソレはこの状況を打開するための一つの答えかもしれない。

迷惑なお客さんを必ずしも脅かして追い出す必要はない。よっぽどでない限り、スタッフから直接注意をされれば従うはずだ。

でも——それはお化け屋敷そのものの雰囲気を壊しかねない選択肢である。

そしてそれは提案したツナちゃん自身がいちばんよく分かっているはずだ。

「……今日のバイトが終わったら、芥子川リーダーにこのバイトを辞めると伝えてきます。脅かせないお化けに、意味なんてありませんしね」

……もし、本当にそれが最善の策だと思っているのなら、そんなにも悲しい顔はしないはずだから。

「待って」

私はツナちゃんを引き留めた。考えるより先に身体《からだ》が動いていた。

「こはるん……？」

ツナちゃんがゆっくりとこちらへ振り返る。胸が苦しくなるぐらい弱々しい眼差《まなざ》しがこちらへ向けられる。

……やっぱり私に彼女を見捨てることはできない。

だって、彼女の目には覚えがある。

自分の好きなこと、やりたいことがどうしてもうまくいかず、不器用な自分を責め立てるような、そんな瞳《ひとみ》。

――それは、押尾《おしお》君と出会う前の私と同じ目だ。

私はゆっくりと語り始めた。

「……私、本当に怖いものが苦手なの。暗いところにいると何か出てくるんじゃないかって身構えちゃうし、映画で少しでも血が出るシーンになったら目を逸《そ》らしちゃう、大きな声でワッと脅かされるのも苦手だし、でも……だからこそ、怖がりな私だからこそ、怖いものが何かは知ってるつもり」

「いったい、何を……」

「だから」

私はツナちゃんの目をまっすぐ見据える。

私にはやっぱり理解できない。わざわざ怖いものを見たがる人の気持ちも、そんな人たちを怖がらせたがる人の気持ちも。

でも、もし押尾君が私と同じ立場なら、彼はきっと私と同じことを言うはずだ。

「——私とツナちゃんの二人で脅かそう」

●

どうしてこんなことになったんだろう——と、私は早くも今日という一日を後悔し始めていた。

私はただ大学生活初めての夏休みに、大学で初めてできた友達のタエちゃんと二人で、ショッピングを楽しもうとしただけのはず。

流れが変わったのは、ショッピングの最中にこのお化け屋敷を見かけた私が「せっかくだから入ってみようよ！」と彼女に提案してからだ。

単なる好奇心だった。少し冷やかしたら、二人で「あんまり怖くなかったねー」なんて笑い合いながら、ショッピングを再開する予定だった。

でも今となっては、その時の軽率な判断を後悔するしかない。

「——だからここ本当に出るんだって！」

私たちの行く手を遮る二人の男子大学生の片割れが、大きな声で言った。

その台詞《せりふ》は、これでもう四度目だ。

このお化け屋敷の途中にあったどんな仕掛けよりも、彼のやけに甲高い声の方が心臓に悪い。

「はぁ……」

私はすっかり縮こまってしまったタエちゃんの代わりに、適当に相槌《あいづち》を打った。

こういう人たちに絡まれた時は、そっけない対応をすれば自然といなくなってくれると誰かから聞いた気がするんだけれど――でも、私たちの意志に反して彼らはそこを動かない。

「あっ、信じてないっしょその反応！　いやマジでこのお化け屋敷出るんだって、本物のお化けが！」

「これマジだぜ！　俺も友達から聞いたかんね」

「マジエゲツない霊だから！　えーと、あれだぜ、ボクサーの霊！　天○ぐらいツエーから！」

なんとしてでも私たちを怖がらせたいのか、いらない情報まで付け足してきた。

それは怖いの種類が違うだろう……とは思いつつも、素直に反応したら調子に乗りそうだったので、一貫して「はぁ……」と相槌を打つ。

すると、もう一方の男が彼の肩をとんとんと叩《たた》いて、

「タ○ソンの方が強ぇ」

「は？　タ○ソンもう引退してるべ？」

「全盛期のタ○ソンの方が強ぇ」

「確かに！　訂正するわ！　全盛期のタ○ソンぐれえエゲツねえ霊いっから！」

何の話だよ、と溜息《ためいき》を吐《つ》く。

私たちはお化け屋敷まで来て、いったい何を見せられているんだろう。

お化けなんか目じゃないぐらい恐ろしい、アホの二人組に絡まれていることだけは分かる。

それで結局彼らが何を言いたいのかと言うと……

「まぁそんなわけで、コエーじゃん？　俺らと一緒に行った方がいいって！」

これだ。要するにやってることはただのナンパなのだ。

私はげんなりして、もう一度大きな溜息《ためいき》を吐き出す。

彼らの妙に手慣れた雰囲気を見るに、きっと初めからナンパ目的でお化け屋敷へ入ってきたのだろうけど……こんなところでやるか？　普通。

ナンパなんて別段珍しいものでもないけれど、もちろんお化け屋敷でナンパされるなんて初めての経験だった。

しかも……

「……ごめんなさい、私も友達もこのあと用事があるんで通してもらえますか」

「うおおい！　話聞いてたべ!?　予定とかじゃなくてタ○ソン級の霊なんだってマジで！」

タエちゃんの手を引いて強引にすり抜けようとしたら、二人がかりで行く先を封じられてしまう。

今回のは今までの人生で遭ったどんなナンパよりも、特別しつこい。

「ちょ、ホント通してくださいって」

「俺らといた方がいいよ！　女二人じゃタ○ソンの霊に勝てないって！」

タイ○ンはまだ生きてるわ。

だいたい、本当にヘビー級ボクサーの霊が現れたところで、アンタらみたいなひょろっちいのが勝てるわけ……いや、こんなツッコミも馬鹿《ばか》らしい。

タエちゃんもすっかり怯《おび》え切ってお化け屋敷どころじゃないし、ああ、なんでもいいから早く解放されたい……

「そんな警戒しなくても出口まで一緒にエスコートしてあげるだけだから！　ね？　ウィンウィンじゃん！」

彼らのトンデモ理論にいちいち反応するのも面倒臭い。

全部、私がお化け屋敷へ行きたいなんて言ったせいだ。私のせいで、最高の一日が早くも最低の一日になってしまった。

こんなところへ来なければ、今頃はタエちゃんと楽しくショッピングをしたり、映画を観たりしていたはずなのに……

もうなんでもいいよ！　幽霊だって構わない。タイ○ンの霊でもメイ○ェザーの霊でもパッ○ャオの霊でも……なんでもいいから、この状況をなんとかしてー……！

そんな私の願いが天に届いたのだろうか。

もういっそ大声をあげてスタッフに助けを求めようかと迷っていたら、後ろの方から何やら足音が聞こえた。

「うん……?」

私の気のせいではないらしい。タエちゃんも、アホ二人組も、一様に後方の暗がりへ目を凝らしていた。

私たちの次に入ったお客さんが追い付いてしまったのだろうか?

初めはそう思ったが、どうも様子が違う。

何故《なぜ》なら聞こえてくる足音は一つで、その足音は引きずるような、おぼつかないような、リズムの乱れた歩調……ともかく普通でない足音なのだ。

ここまで状況が揃《そろ》えば、あのアホ二人でもさすがに察したらしい。

「ほら出たタ○ソンの霊!　だから言ったじゃん!　コエー!」

「いやちげーよ、全盛期のタ○ソンならもっと堂々と歩くから」

もういいよ、なんだその全盛期のタ○ソンに対するこだわり。

ともかく、なかなか出てこない私たちに痺《しび》れを切らして、とうとうお化け役のスタッフがわざわざこちらまで出向いてきたらしい。

これでようやく解放されるとほっとした反面、不安もあった。

だってあのアホ二人組は——私たちにいいところでも見せようとしているのだろうか?

ボクシングの構え（らしきもの）をとって臨戦態勢だ。

あの二人のアホ加減なら、本当にお化け役のスタッフを殴りかねない。そうなればまた別の問題が起こる。そうなったらもう最悪どころの話じゃない。警察沙汰《ざた》だ。

私は一体どうしたらいいのかとハラハラしていたら、とうとう向こうの暗がりから白い人影がぬうと現れた。

……頭から白い布をかぶっているのだろうか？　勿体《もったい》ぶった登場の割りにはずいぶんと子どもだましなお化けで、はっきり言ってこれっぽっちも怖くない。彼らも余計勢いづいてしまった。

「ははは！　てるてる坊主のお化けじゃん！　弱そ〜！」

とうとうシャドーボクシングの真似事《まねごと》でお化けを威嚇し始める始末だ。

ああもう！　助かったと思ったのに……！

思いのほか頼りないお化けの登場に、落胆しかけていると……

「……へっ？」

その場の全員が、ほぼ同時に自らの間違いに気が付いた。

——違う、白い布をかぶったお化けじゃない。私たちが見ていたのは、ほんの一部に過ぎなかったのだ。

「ウソ……？」

ゆらゆらと、左右に大きく揺れながらこちらへ向かってくるソレは……ヘビー級どころの騒ぎではない。二メートルはゆうに超えているであろう異様に細長い白装束の〝何か〟だった。

私たちは唖然《あぜん》としながらも、ゆっくりとソレを見上げる。

そして見た。

暗闇《くらやみ》の中にぼんやりと浮かび、遥《はる》か頭上からこちらを見下ろす、罅割《ひびわ》れた人形の顔を——

「うっ、うおおおおおおおおおおおおおっ！？！？」

「きゃあああああああああああっ！？！？」

お化け屋敷中に、彼らの野太い悲鳴と私たちの甲高い悲鳴が響き渡った。

——や、ヤバい！　これお化け役とかじゃない！　ガチのヤツ出ちゃった！

「うおおおお逃げろ逃げろ逃げろっ!?」

「ひっ、ひぃぃっ……!?」

「タエちゃん逃げるよっ!!」

さっきの威勢はどこへやら、アホ二人組が一目散に逃げ去る。私も咄嗟《とっさ》にタエちゃんの手を取って、無我夢中に通路を駆け抜けた。

まだ二十年そこらの人生だけど、あんなに全力で走ったのも、あんなに思いっきり悲鳴をあげたのも、間違いなくこの時が初めてだった。

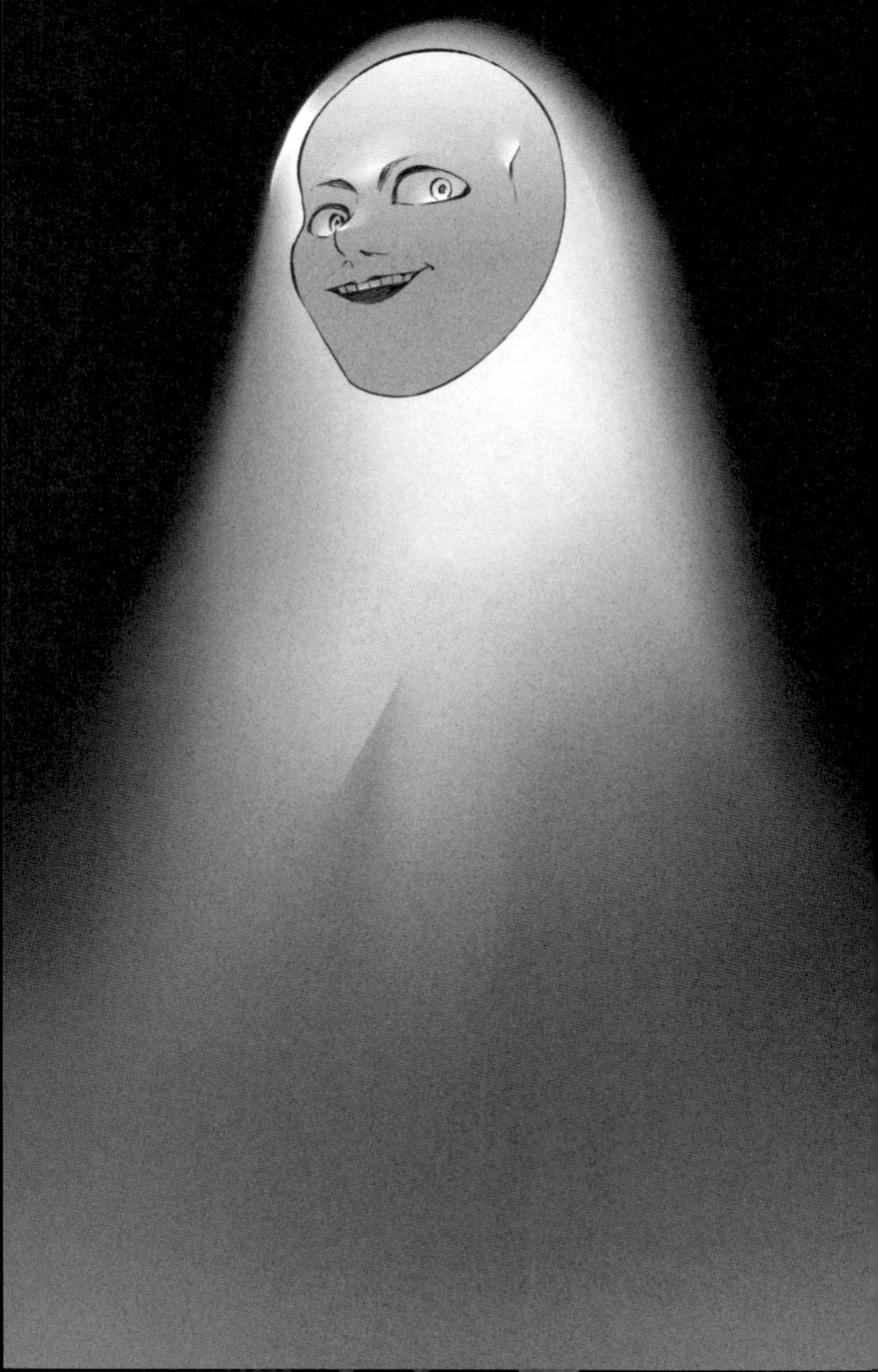

♥

私、佐藤《さとう》こはるは生まれついての小心者で、怖いものなら、自慢じゃないけど星の数ほどある。

たとえば大きい音、怖い。

得体のしれないもの、怖い。

そして自分より大きいものも、当然怖い。

これをツナちゃんに告げたら「なんか小動物みたいですね、火も怖いですか？」と茶化されて、ちょっと不機嫌になってしまったけれど……でも裏を返せば、これらは全て動物的な、いわゆる本能に訴えかけてくる恐怖だ。

要するに「みんな普段は我慢しているけれど、本当の意味でこれを怖がらない人間はいない」ということである。

だからこそ考案されたのが今回の作戦——ツナちゃん曰《いわ》く「八尺作戦」だ。

……まぁ作戦なんて大それたものではなくって、呪《のろ》いの人形面をかぶったツナちゃんを、白装束に隠れた私が肩車をして現れるっていう、ただそれだけのことなんだけど……

「——こ、こはるん！　やりました！　やりましたよ！　四人ともお化け屋敷から脱出しました！」

暑い・重い・息苦しいの三重苦で汗だくになっていると、頭上からツナちゃんの興奮した声が聞こえてくる。

ここからじゃ何も見えないけれど、でも彼らの悲鳴はバッチリ聞こえていた。

私とツナちゃんの作戦は、無事成功したんだ。

でも、それよりまず……

「ごめんツナちゃん、ここすっごく暑くて……」

「あ、ああっ！　すみませんでした！」

ツナちゃんが慌てて白装束をたくし上げ、ようやく視界が開けた。強めに効いた冷房が肌に心地よく、生き返った気持ちだ。

「こはるん！　やりましたね！」

「う、うん！　やったねツナちゃ……ひぎゃあっ⁉」

「うわああっ⁉」

上から覗《のぞ》き込んできたツナちゃんの顔を見て、大きくふらついてしまった。

ツナちゃんお面をつけたままだ！　分かっていても心臓に悪い！

「あ、ああああ危ないですよこはるんっ⁉　こんなところで倒れたらボク本当に死んでしまいますっ⁉」

「ごっ……ごめん……もう下ろすから……」

私は最後の力を振り絞って、慎重に彼女を下ろす。

しばらくは私もツナちゃんもその場にへたりこんで、呼吸を整えるので精一杯だった。

そんな風にぜえはあと、二人揃《そろ》って犬みたいに荒い息を吐き出していると、なんだか今の状況が段々おかしくなってきて……思わず噴き出してしまった。

「こ、こはるん何笑ってるんですか」

「ふふ、ご、ごめんね、なんかおかしくって……私、生まれて初めて誰かを肩車したかも」

「ボクだって高校生にもなって誰かに肩車されるなんて思ってもみませんでしたよ」

「でも、上手《うま》くいってよかった」

初めは誰かを脅かすなんて不安で仕方なかったし、気も進まなかった。

でも……ツナちゃんと一緒だったおかげかもしれない。

暗闇《くらやみ》の中で彼らの全力の悲鳴を聞いた時——不思議なことに、私の中に達成感が芽生えた。

人の悲鳴に清々《すがすが》しさを感じるなんて、私は嫌な性格になってしまったのではないだろうかと、ほんの少しの不安はあったけれど……

「こはるん、ちょっと来てみてください」

「えっ?」

「ほら早く、帰っちゃいますよ」

帰っちゃう?

言葉の意味は分からなかったけれど、ツナちゃんが立ち上がって「早く早く」と手招きしてくるので、私は素直にそれに従った。

暗闇の中をぱたぱた走るツナちゃんの背中を追いかけていくと、やがてお化け屋敷の出口に突き当たる。

「ほら、ここから覗《のぞ》いてみてください、気付かれないように」

「……？」

ツナちゃんがお化け屋敷の内と外を隔てる暗幕を少しだけめくりあげて、そこから外を覗き見るように勧めてくる。

一体、この向こうに何があると言うのだろう？　不思議に思いながら、ツナちゃんの言う通りにしてみると……出口から少し離れた場所で向き合う、二人の女性の姿を認めた。

さっき私たちが脅かした、女子大生の二人組だ。

「あれは……」

思わず目を疑った。だって、ついさっき本気の悲鳴をあげていた彼女らが、今は声をあげて笑い合っている。

残念ながらここからじゃ会話の内容は聞き取れないけれど、二人が本気で楽しそうにしていることだけは分かった。

「――いたでしょう？　怖いもので救われる人」

隣でツナちゃんがはにかみながら言う。その台詞《せりふ》を聞いた時、そこでようやく私自身も救われたような気がした。

……間違ってなかったんだ。私たちがしたことも、さっき感じた達成感も。

私たちの仕事は、誰かを笑顔にできたんだ。

「……ねぇ、ツナちゃん」

「どうしましたかこはるん？」

「その、さっきの話なんだけど……私、ツナちゃんの友達に立候補しちゃダメかな？」

「えっ？」

ツナちゃんがこちらへ振り返って、驚いたように目を丸くする。

「と、友達……こはるんが……？　でもこはるんホラー苦手って……」

「うん、そうなんだけど……今までは敬遠しすぎちゃってたのかも。このバイトを通して、なんだかちょっとだけ興味が湧《わ》いてきたかなー、なんて……」

「ホントですか⁉」

「……ちょっとね」

……本当にちょっとね。

「私はホラーとかあんまり詳しくないから……ツナちゃんが良ければだけど」

「ボク、たぶんウザいですよ⁉　こはるんにグロいマンガとか薦めまくるかも……！」

「と、友達の頼みなら頑張って読むよ」

「ＳＮＳで話題のホラー映画に誘ったりするかも！」

「初めは近所で話題ぐらいの優しいやつ（？）で慣らしてほしいけど……」

「ほ、本当になってくれるんですか……ボクと、友達に……」

「というより……」

私は照れ臭さから頰《ほお》を掻《か》きながら言う。

「――恥ずかしいんだけど、私も友達少ないの。だからツナちゃんが友達になってくれるとうれしいな」

この時のツナちゃんの嬉《うれ》しそうな顔ときたら、私はきっと生涯忘れることはないだろう。

「こはるううううん!!」

ツナちゃんが私の名前を叫びながら、抱きついてきた。

苦しいぐらい力強い抱擁に戸惑いながらも「友達になる前からあだ名をつけられてるなんておかしな話だ」と苦笑した。

「こはるん！　ボク俄然《がぜん》やる気になってきました！　今ならボク一人でも同世代ぐらいまでなら脅かせそうです！」

「それは良かった！」

「これからもこはるんと一緒に働けるなら、いつかはおじいちゃんおばあちゃんだって脅かせ

りだ。

なんか引っかかるところはあったけれど、ともかくツナちゃんも自信がついたようでなによ
「良かっ……ん？　いいんだよね？」

ますよ！」

「あ、でもこはるん今日でここのバイト終わりなんでしたっけ……」

……と思ったら、今度はしゅんとなって、再び捨てられた子犬のような顔になってしまった。表情の豊かな子だ。

「確かに、私のバイトは今日一日で終わりだけど……じゃあ今日のお仕事が終わったらMINE《マイン》のID交換しようよ！　それでまた二人で遊ぼう？」

「いいんですか⁉」

「もちろん！」

「やったー！　ボク親以外の人とMINEするの初めてです！」

ツナちゃんが諸手《もろて》を挙げて喜ぶ。MINEの交換を提案しただけでこんなに喜ばれるなんて、若干こそばゆい感覚がある。

ともかく、これで一件落着。私は今日一日のバイトを乗り切る自信だけでなく、ツナちゃんというマニアックな友達まで得た。

最初の頃なんて早く辞めたいという感情しかなかったのに、分からないものだなぁ……

なんてしみじみ感じ入っていたところ「ちりりん」と鈴の音がした。先の二人組が脱出したのを見て、芥子川《けしかわ》リーダーが次のお客さんを入れたのだろう。

「ツナちゃん！　次のお客さんが来るよ！」

「ふふ！　ターゲットがやってきたようですね！　軽く泣かせてやりましょう！」

「ツナちゃんイキイキしてるね！」

とは言いつつ、私自身も胸の高鳴りを抑え切れずにいた。

ほんの少しだけれど、この仕事が楽しくなってきた。

私はツナちゃんとともに急いでお化け役の待機ポイントへと駆け戻る。そしてお互いに「しーっ」なんてやりながら、暗幕から向こうの様子を窺《うかが》った。

「……来ますよ！」

ツナちゃんが言って、私たちは目を凝らす。

さあ、次のお客さんはいったいどんな……？

「……えっ？」

私は彼の姿を認めた時、間の抜けた声をあげてしまった。

最初は暗がりのせいで見間違えたのかと思ったけれど、すぐにそんなはずはないと思い直した。私が彼の顔を見間違えるはずがないのだ。

「押尾《おしお》君……？」

そう、向こうの角から現れたのは、なんと押尾君《おしお》だったのだ。

どうして押尾君がここに？

そんな当然の疑問が浮かんできたけれど、次に見たもののせいでそんなちっぽけな疑問はすぐに吹っ飛んでしまった。

だって、押尾君は手を繋《つな》いでいたのだ。

隣を歩く、ある少女と……

「──大丈夫？　凛香《りんか》ちゃん」

気がつくと私は、ツナちゃんから呪《のろ》いの人形面をひったくっていた。

♠

スーパーコトブキ一階フードコートでのこと。

「押尾さん、こんなところでアルバイトしてたんですね」

テーブルを挟んで対面に座った凛香ちゃんが、三色団子を食べながら言った。

──一応言っておくと、今の俺は休憩時間中だ。

俺と凛香ちゃんの関係性だと、隣町の店で偶然顔を合わせて「それじゃあお元気で」というのも変な話だ。せっかくだから……ということで今はフードコートのテーブルを一つ借りて、二人でお喋《しゃべ》りに興じている。

「そう、団子屋のバイトなんて珍しいでしょ」

「あれってバイトなんですね、というのが率直な感想です。京都の人がやっているわけじゃないんですか？　こう、職人さんとかが……」

「あー……ごめんね、バイト初日だから俺そのへんよく分からなくて」

「ふーん、まあそうですよね」

凛香ちゃんは納得した風に三色団子をぱくついていたけれど、ごめん、これは嘘《うそ》だ。なんなら綾小路《あやこうじ》さんが青森出身らしいというところまで知っているけれど、ブランドイメージを守るために知らないフリをした。凛香ちゃんすでに団子買っちゃったし、あえて夢を壊すこともないだろう……

話題を変える。

「それより凛香ちゃんはどうしてわざわざ桜庭《さくらば》からこんなところまで？」

「大した用事ではありません。もうすぐ友人の誕生日なのでプレゼントを選びに来ただけです。ここは色々揃《そろ》ってますからね」

「誕生日……」

思わずその単語に反応してしまう。

「？　誕生日がどうかしましたか？」

「……あ、いやいや！　なんでもない！　プレゼントは決まった？」

「ええ、それはもうとっくに買い終わっ……あ、いえ、まだ決まってません！」

えっ、どっち？　決まっていないのか？

「決まってませんよ！　全く、見当もつきません！　困ってます！」

「そ、そうなんだ……」

何故《なぜ》か念を押して言われ、少し困惑してしまう。

にしても意外だ。凛香《りんか》ちゃんはこういうのそつなくこなせる印象だった。

だからこそ、てっきり彼女の足元に置いてあるその可愛《かわい》らしい紙袋が、まさに誕生日プレゼントだと思っていたんだけれど……

「こっ、これは自分用です！」

「そうなんだ……」

聞いてもないのに答えてくれた。凛香ちゃんは察しがいいな。

「いえ、本当に全然見当がつかないんです、なんせ——」

凛香ちゃんが何故かそこで一旦《いったん》溜《た》めて、ちらりと俺の表情を窺《うかが》ってくる。

「——なんせ、あげる相手は〝男の人〟なので」

「へえ、じゃあ大変だね」

「っ……！」

素直な感想を述べたつもりだったのに、どうしてかすごい目で睨《にら》まれた。

えっ、俺今なんか変なこと言ったかな……？

若干心配になったけれど、それも一瞬のことで、凛香ちゃんは一つ咳払《せきばら》いをしてすぐに元の涼しい表情に戻り、言う。

「……そうだ、こんなチャンス滅多にありませんし、押尾《おしお》さん、あたしのプレゼント選びに付き合ってくれませんか？」

「俺が？　悪いけどそういうのあんまり得意じゃなくて……」

「同じ男の人のアドバイスがあった方が、あたしは助かります！」

「ああいや頼ってくれるのは嬉《うれ》しいんだけど、でも俺バイト終わった後ちょっと用事があって……」

「じゃあ今行きましょう！」

「今!?」

あまりにも急すぎる展開に声が出てしまった。

「で、でも俺、休憩あと一時間もないよ？」

「問題ありません！　それだけあれば十分です！　さあ行きましょう！」

凛香ちゃんが残りの団子を頰張《ほおば》って席を立ち、俺を急《せ》かしてくる。

な、なんだ？　今日の凛香ちゃんはずいぶんと強引だな……

誕生日プレゼントが一時間足らずで選べる気は到底しないんだけど、でも、なんだか今日の凛香《りんか》ちゃんには有無を言わせない迫力があって……

「わ、分かった。行くよ」

結局、俺の方が折れてしまった。


そんなこんなで、どこか様子のおかしい凛香ちゃんと二人で、名前も知らない誰かの誕生日プレゼントを選ぶために三階まで上がってきたわけだけれど……

「お化け屋敷……」

学生のプレゼントの定番、雑貨屋へ向かう途中のこと、凛香ちゃんがおもむろに立ち止まって何か呟《つぶや》いた。

彼女の視線を追うと、雑貨屋の隣にある多目的ホールがお化け屋敷に改造されていた。毎年恒例の特設お化け屋敷だ。

去年も一昨年もすさまじい盛況ぶりで、遠目に眺めながら「ホラーが下火と言われているけれど、本当は皆そういうの好きなんだなぁ」としみじみ思っていたのが記憶に残っている。

夏休み期間中とはいえ今日は平日なので、そこまで混んでいないようだけど。

「毎年これぐらいの時期になるとやってるよね」

「……押尾《おしお》さんはお化け屋敷って入ったことありますか？」

「いや、そんなにはないかな。あんまり得意じゃなくって」

単なる雑談のつもりだった。

でも何故《なぜ》かそれを聞いた途端、心なしか凛香ちゃんの目つきが変わったような気がして……

「──入りましょう」

「えっ？」

「お化け屋敷、入りましょう」

「……いやいやいや！」

凛香ちゃんがあまりにも堂々と言うものだから一瞬流されかけたけど、これはさすがにおかしい！

「凛香ちゃん、今日は友達のプレゼント買いに来たんだよね!?」

「突然いらなくなりました！　よく考えたらそんなに仲良くなかったです」

「かっ、可哀想《かわいそう》！」

誰にあげるプレゼントだったのかは知らないけど、陰でこんなことを言われてると知ったらその人泣くよ!?

というか、百歩譲ってプレゼントがいらなくなったのだとしても……

「ど、どうしてお化け屋敷に入るの？」

「あたし、そういえばお化け屋敷に興味があったんです。いい機会なので、ぜひ！」

「なんでまたこのタイミングに……？　それならまた日を改めて友達と来た方がいいと思うよ？　俺と入ってもたぶん楽しくないし」

「友達より押尾《おしお》さんの方が頼りになります。それに……」

凛香《りんか》ちゃんが上目遣いに俺を見る。そして普段のクールな彼女らしくない、どこかしおらしい口調で……

「あたしは押尾さんと入ってみたいです……」

「でも今バイトの休憩時間だからなぁ」

「っ……！」

睨《にら》まれた。女子中学生とは思えないぐらいすごい眼力で睨まれた。

え、ええ……？　俺今変なこと言ってないよな……？

「まだ時間あるじゃないですか！　そんなに人もいないですし、今から急いで並べばギリギリ間に合いますよ！」

「どうしてそんなタイトなスケジュールを!?　やっぱり日を改めて友達と来た方がいいんじゃ……」

「ぐっ……！」

凛香ちゃんが悔しそうに呻《うめ》く。

いったいどうしたんだ？　今日の凛香ちゃん本当に様子がおかしいぞ？　前回海で会った時

は普通だったと思うけど……

「……押尾さん、この前あたしの家でマンガ読みましたよね」

また藪《やぶ》から棒に、何故《なぜ》今その話を……？

「あ、ああ、そんなこともあったね……」

「あの時、マンガのお礼に今度あたしの言うことなんでも一つ聞くって言ってましたよね!?」

……………そんなこと言ったっけ!?

いや、確かに俺が言ってもおかしくなさそうな台詞《せりふ》ではあるけれど、全然記憶にないぞ!?

「言いましたよねっ!?」

「言っ……」

言葉に詰まる。

正直、これっぽっちもそんなことを言った覚えがない。

でも、凛香ちゃんの射抜かんばかりの眼差《まなざ》しを受けていると、だんだん間違っているのは俺の方なのではないかという気持ちになってきて、とうとう。

「……言ったかもしれない」

「じゃあ早く並びましょう！」

待ってましたと言わんばかりに、凛香ちゃんが年相応の無邪気な笑みを浮かべた。

凛香《りんか》ちゃんは、言ってしまえば俺にとって妹のような存在だ。

俺に兄弟姉妹はいないので、こうして慕ってもらえるのは正直悪い気はしない。

でも、やっぱり今日の凛香ちゃんはなんだか様子がおかしい。

「楽しみですね、押尾《おしお》さん」

「そ、そうだね」

「やっぱり怖かったりしますか？　ドキドキしますか？」

「まぁ、それなりに……」

お化け屋敷の入り口で順番待ちをする間、凛香ちゃんはそんな調子で常にこちらの反応を窺《うかが》ってきた。

緊張すると口数の増える人がいるけれど、彼女もそのタイプなんだろうか？　それもまた意外だ。

まぁ言ってもスーパーコトブキの一角に建てられた急ごしらえのお化け屋敷、それほど怖がる必要はないと思うよ。そう声をかけようとしたところ……

「うっ、うおおおおおおおおおっ!?!?」

「きゃあああああああああっ!?!?」

突然、お化け屋敷の中から耳をつんざくような悲鳴が聞こえてきて、俺も凛香ちゃんもびくりと肩を跳ねさせる。

驚いて振り返ると、ちょうど若い二人の男がお化け屋敷から飛び出してくるところだった。

「ひいぃぃぃぃっ！」

まるで命からがら逃げのびてきたという風情の二人組は、周囲の注目を集めながらも、そのまま脱兎《だつと》のごとく逃げ去ってしまう。大の大人がパニック映画でもそうそう見られない逃げっぷり。俺と凛香ちゃんは小さくなる彼らの背中を見送り、唖然《あぜん》とした。

急ごしらえのお化け屋敷だよな……？

「……凛香ちゃん」

「な、なんですか押尾さん……？」

「怖いようならやめようか？」

「なっ……！　こ、怖くないですよ!?　押尾さんこそ怖いんじゃないですかっ!?」

強がる割りには声が震えている。さっきの衝撃的な光景を目にしたあとでは無理もない。

ぶっちゃけ、今ので俺もちょっと怖くなってきた……

「問題ありませんよ！　怖くてこそのお化け屋敷じゃないですか！」

「無理する必要はないと思うけど……」

「いいえ！　行くんです！」

気を遣ってやんわりと辞退を促してみるが……やっぱりそこは中学生だ。自分で言いだした手前後には引けなくなってしまったのだろう。言葉をかければかけるほど凛香ちゃんの態度は頑《かたく》なになっていく。

「……はい、たいへんお待たせいたしました。ではどうぞお入りください」

そうこうしているうちに、とうとう俺たちの番が回ってきてしまった。

「じゃあ、いこっか凛香《りんか》ちゃん……本当に大丈夫？」

「だ、大丈夫ですよ」

それは大丈夫な人の声音ではないと思うんだけど……いや、もう何も言うまい。多分、今の凛香ちゃんは何を言っても聞かないだろうから。

というわけで、俺たちは受付の女性に導かれるがまま、ついにこの〝呪《のろ》われた人形寺〟へと足を踏み入れた。


結論だけ言えば、当初の予想通りだった。

強めに効かせた冷房と、暗がりと、「ひゅーどろどろ」という感じのＢＧＭでそれっぽい雰囲気は出ているけれど、やっぱり所詮《しょせん》は〝急ごしらえのお化け屋敷〟だ。

全体的に作りの安っぽさが目立つ。道中にあった機械仕掛けのお化けも、粗い作りの人形が出たり引っ込んだりするだけで、声をあげて驚くほどではない。言ってしまえば子どもだましな内容だ。

そんなわけで、迷路も終盤へ差し掛かる頃になると、俺の緊張もすっかり解けてしまったわけだけど、その一方で……

「お、押尾《おしお》さん……？　出口はまだですか……？」

……凛香ちゃんはすっかり出来上がってしまっていた。

彼女は道中の仕掛けの一つ一つで律儀に悲鳴をあげて驚き、今ではすっかり怯《おび》え切って俺の背中に隠れるようにして歩いている。

演技でもフリでもなんでもなく、本気で怖がっている様子だ。

「……意外だった、凛香ちゃんってこういうの苦手なんだね」

「そ、そういう押尾さんはなんでそんなに平気そうなんですか……？　あんまり得意じゃないって言ってたはずじゃ……」

「まぁ、そうだけど……」

俺も人並みにこういったものは怖い。

ただ今回に限っては、このお化け屋敷のクオリティの低さもさることながら「誰かが怯えていると逆に冷静になる」の心理が働いていた。

凛香ちゃんの前でぎゃあぎゃあ悲鳴をあげて醜態を晒《さら》すような羽目にならなかったのは良かったけど……

「……」

凛香ちゃんの怯えようが尋常じゃない。

露骨に口数も減ってしまったし、見てるこっちが心配になってくるレベルだ。

凛香《りんか》ちゃん、こういうの本当は苦手なのに無理して入ったんじゃ……

「えーと……凛香ちゃん?」

「な、なんですか押尾《おしお》さん」

「あんまりキツイようならリタイアしようか?」

受付のお姉さんが言っていた。「途中でリタイアしたくなった場合は、その場で声をあげてください。スタッフが非常口から外まで案内しますので」と。

すでに払った入場料が少し勿体《もったい》ないけれど、凛香ちゃんにとっての今日が最悪の一日に変わるよりはよっぽどいいはずだ。

そう思っての提案だったんだけれど、凛香ちゃんは強くかぶりを振った。

「い、嫌です! ここまで来て引き下がりたくありません! せっかく勇気を振り絞って押尾さんを誘ったのに……!」

「凛香ちゃん……」

そんなにお化け屋敷に興味あったんだ……

その勇気には素直に感服するけれど、でもこういったお化け屋敷のセオリーに「最後は直接お化け役のスタッフが脅かしにくる」というものがある。

きっとさっき飛び出してきた二人組も、それにやられたのだろう。大の大人が声をあげて逃げ出すほどの脅かしだ。今の凛香ちゃんがそれを耐え凌《しの》げるとは思えない。最悪の場合、泣き出してしまうことだってありうる。

……凛香ちゃんは、俺なんかに泣き顔を見せたくないだろうな。

そう考えると、俺が次にとる行動は決まっていた。

「凛香ちゃん」

「イヤです！　絶対にリタイアしませんから！」

「そうじゃなくて、はい」

俺は凛香ちゃんへ手を差し伸べた。これを見て彼女は目を丸くする。

「……えっ？　押尾さん、これは……」

「多分そろそろ一番怖いのが来るから、よければ手を貸そうかと思って」

「手を……繋《つな》ぐってことですか……？」

「うん、そうだけど……でもこれ子ども扱いしてるみたいだね、ごめん忘れ……」

「繋ぎます!!」

引っ込めかけた手を、凄《すさ》まじい反応速度で捕まえられた。

なんだ？　急に素直になったな……

でも、これで少しでも彼女が落ち着くのなら、なによりで……

「っ……！」

「うん？」

変だな。

手を繋《つな》いだ途端、凛香《りんか》ちゃんが石のように動かなくなってしまった。

やっぱり子ども扱いされたのが恥ずかしかったのだろうか。暗がりのせいでよく見えないけれど、心なしか顔も赤いような……

「えっと……大丈夫？　凛香ちゃん？」

「大丈夫です……」

「進まないと出れないよ？」

「大丈夫です……」

大丈夫じゃないし、彼女自身もとても大丈夫な風には見えない。繋いだ手も焼けた石みたく熱くなっている。

「い、いったん手離そうか……」

なんだかよく分からないけれど、このまま手を繋いでいると危険な気がする。

凛香ちゃんと手を繋ぐことで危険なことなんてあるはずもないだろうに、どうしてか本能が警告していた。

しかしいざ手を離そうとしたら――今度は向こうから強く手を握り返されてしまう。

「り、凛香ちゃん……？」

「……」

今日の彼女は本当に様子がおかしい。

凛香《りんか》ちゃんは俺の手を強く握りしめたまま、まっすぐこちらを見つめてくる。

彼女の吐き出す息は荒く、頰《ほお》は上気して、なおかつその眼差《まなざ》しはこちらが気圧《けお》されてしまうほどに力強い。

たとえるならばその眼《め》は、なんらかの覚悟を決めたかのようなそんな眼で……どういうわけか、俺はその眼を怖いと感じてしまう。

「……押尾《おしお》さん、あたし、ずっと前から押尾さんに言いたいことがあったんです」

何故《なぜ》か、ドキリと心臓が跳ねた。

「……そっ、それは今じゃないとダメかな?」

「ダメです」

「いや、ほら、まずはお化け屋敷を出なくちゃ、次のお客さんも待ってることだし……」

「ダメです、ぜったいに離しません」

凛香ちゃんが、いっそう強く俺の手を握りしめてくる。

繫《つな》いだ手から彼女の体温が伝わってくる。もう少しすれば、お互いの心臓の鼓動さえ伝わってきそうなほど、強く、強く握りしめられる。

そんな状況で、俺の頭の中にある一つのバカげた考えが浮かびつつあった。

いや、まさか、そんなわけはないだろう。

だって凛香ちゃんは中学生で、佐藤《さとう》さんの従姉妹《いとこ》なわけで……

「……押尾さん、今だけは何も言わず、聞いてください」

針のように鋭い視線で縫い留められ、俺は動くことはおろか、声を発することすらできなくなってしまう。ただ、心臓の鼓動だけが早鐘を打っていた。

「あたしは……押尾さんのことが……」

凛香ちゃんが唇を震わせ、静かに、そしてゆっくりと言葉を紡いでいく。

その言葉を最後まで聞いてしまうと、なんだか取り返しのつかないことになるような、そんな確信に近い予感があったが、俺にはやはり何もできない。

「押尾さんのことが……す……」

そしていよいよ、彼女がその言葉を口にしようとした――まさにその瞬間。

「好……えっ？」

「うん？」

凛香ちゃんが自ら言葉を打ち切って、後ろへ振り向いた。俺も同様だ。お互いほぼ同時にこちらへ近付いてくるなんらかの音を聞き取ったのだ。

「な、なんの音ですかこれ……？」

暗闇《くらやみ》の中から響いてくるその音は「たったった」と規則正しいリズムを刻みながら、こちらへ近付いてくる。初めは後ろのお客さんに追いつかれてしまったのかと思ったのだが――どうも様子が違う。

「……？」

なにやら嫌な予感を覚えつつ後方へ目を凝らす。

しばらくそうしていると長い一本道の向こう、暗闇《くらやみ》の中に浮かぶ白い影が見えた。

そのまま凝視を続けると、影の輪郭が徐々にくっきりとしていく。こちらへ向かってきているようだが……待て。やけに早い、早すぎる。

「お、押尾《おしお》さん……？」

凛香《りんか》ちゃんも異変に気付いたらしい、震えた声で俺の名前を呼んだ。

しかし二人とも白い影に視線が釘付《くぎづ》けになってしまい、金縛りにでもあったようにその場から動くことが出来ない。

そんな風にしている間にも「たったった」と規則正しい音を伴いながら、人影はすさまじい速度でこちらへ近付いてきて……俺と凛香ちゃんは同時に人影の正体に気付く。

――見ているだけで呪《のろ》われそうなぐらいおぞましい顔をした白装束の人形が、全速力でこちらへ駆けてきているのだ!!

「◎△$♪×¥○&%#――っ!?」

――しかもこの世のものとは思えない奇声をあげながら!!

「きゃあああああああああああっ！！？？」

「凛香ちゃん!?」

凛香ちゃんが絶叫し、その場に尻餅《しりもち》をついてしまう。

俺は慌てて彼女を助け起こそうとするが、いかんせん完全に腰を抜かしてしまっているようでそれができない。そうこうしている間にも、白装束の人形はすさまじい速さでこちらとの距離を詰めてきており――

「凛香ちゃんごめん！」

「ふぇっ!?」

緊急事態だ。俺は腰を抜かしてしまった凛香ちゃんを俗に言う「お姫様抱っこ」のかたちで抱きかかえ、狭く暗い通路の中を駆け出した。

しかし呪われた人形は一切追跡の手を緩めない。

むしろ俺たちが逃げ出したのを見るなり、いっそうスピードをあげ、呪詛《じゅそ》のような言葉を吐きながら、俺たちを追いかけてくるのだ！

こ、怖すぎる!!

冷静に考えれば彼（彼女？）もお化け屋敷のスタッフなんだろうけど、演技が真に迫りすぎている！　捕まれば確実に殺されるだろうという確信すらあった！

「でっ、出口だ!!」

予想通り、お化け屋敷も終盤だったらしい。すぐに外へと繋《つな》がる出口を見つけ、俺はここから飛び出した。暗がりから一転、眩《まぶ》しいぐらいの照明が俺たちを包み込む。

よし！　これで一安心だ！　さすがにお化け屋敷の外までは……

「◎△$♪×¥○&%#――っ!?」

「う、うわあああああっ!?」

思わず本気の悲鳴をあげてしまった。

何故《なぜ》なら、呪《のろ》われた人形が「そんなの知ったことか」と言わんばかりに、俺の後に続いて出口から飛び出し、全力で追いかけてきたからだ！

なっ、なんだそのプロ意識!?　ヤバい！　追いつかれるっ……！

呪われた人形が、手を伸ばせば届きそうな距離まできて、自らの死を覚悟したその瞬間――

「――こ、こはるんっ!?　何やってるんですかっ!?」

まさしく間一髪というところ。

出口からもう一人、白装束を着た少女が飛び出してきて、呪われた人形を羽交い絞めにしてしまった。

どういう状況だか分からないけれどこれはチャンスだ！

俺は凛香《りんか》ちゃんを抱きかかえたまま、脱兎《だっと》のごとく逃げ去る。

そして他のお客さんの注目を浴びながらも逃げ続け、完全に撒《ま》けたことを確認した段になって、俺はようやく足を止めた。

ぜえぜえと荒い息を吐き出す。立ち止まった途端、全身からどっと嫌な汗が噴き出した。

し、死ぬかと思った……！　本気で生命の危機を感じた……！

しばらくその場に立ち尽くしたまま、息も絶え絶えに肩を上下させる。

そのようにして、ようやく脳まで酸素が回り始めた頃、なんだかやけに道行く人たちの視線を感じるなぁと思い、手元へ目を落としてみたら……

「……」

全身を真っ赤に紅潮させ、蛹《さなぎ》みたいに身体《からだ》を強張《こわば》らせた凛香ちゃんと目が合った。

……あっ!?

「ご、ごめん凛香ちゃん！　抱えたままなの忘れてた！」

そりゃ皆こっちを見るはずだ！

俺は慌てて凛香ちゃんをその場に下ろす。なんとか立たせてあげたけれど……凛香ちゃんは、よっぽど怖かったのだろうか、身体がガチガチに固まったままだ。

「だ、大丈夫だった？　転んだ時に怪我《けが》とかしてない？　必死だったからそこまで気が回らなくて……」

「……」

「……凛香ちゃん？」

「……」

「おーい？　凛香《りんか》ちゃん？　大丈夫？」

「……あっはい大丈夫です……」

凛香ちゃん、声小っさ……

やっぱり、さっきのショックが強すぎて放心状態なのだろうか？　いや、実際あのお化けはメチャクチャ怖かったけども……

「押尾《おしお》さん私もう帰ります……」

「えっ？」

「帰ります」

ち、小さすぎて聞き取りづらいけど……これたぶん「帰る」って言ってるよな？

「い、いいの？　大丈夫？　一人で帰れる？」

「大丈夫です……」

大丈夫、という部分だけかろうじて聞き取れた。

凛香ちゃんはそれだけ言い残すと、ロボットみたいにカチンコチンの動きで、その場を後にする。

心配で仕方ないけれど、本人が「大丈夫」と言っているし、俺もそろそろ休憩時間が終わるわけで……

「……そういえば、凛香ちゃんさっき何を言いかけてたんだろう」

余計な考えが頭に浮かんできて、俺はすぐにそれをかき消した。

気にするな、どうせ大したことじゃない、大したことじゃないはずだ……

俺はそんな風に自分に言い聞かせながら団子の屋台へ戻る。どうしてか、胸の内には安堵《あんど》があった。

♠

「今日も疲れたなぁ……」

ベッドに腰かけ、三色団子を食べながら俺は独りごちた。

今日も今日とて疲労困憊《こんぱい》だ。足は棒のようになってしまっているし、声を出しすぎて喉《のど》もがらがら、身体《からだ》が鉛のように重いとはこのことだ。

まぁ、主に今日の疲れのほとんどは、バイトと関係のない部分に集約していた気がしないでもないけど……

「……でも、これでようやく達成だ」

嚙《か》み締めるように言うと、疲労感を上回る充実感が俺の中を満たした。

そう、俺はやり遂げたんだ。

カフェの手伝いを続けながら、いくつかの単発アルバイト、あるいは花波《かなみ》おばあちゃんの手伝いなどをこなし、とうとう今日のバイトの完遂をもって所持金の目標額を達成した。慣れない仕事ばかりで毎日ヒイヒイ言っていたけれど、これでようやく俺の苦労が報われる……

そんな風に、一人達成感に浸っていると、スマホからぽこんと音が鳴った。見ると、通知欄にミンスタのアイコンが表示されており、そこには、

〝佐藤《さとう》こはるさんが　写真を投稿しました〟

とある。

「最近、佐藤さん投稿多くなったなぁ」

俺はしみじみ言いながら、いつも通り彼女のミンスタへと飛んだ。

新たに投稿されていたのは、自撮りのツーショットだ。佐藤さんの隣に、俺の知らない少女の姿があって、満面の笑みでピースを作っている。写真が一切ブレていないので、おそらく彼女がシャッターを切ったのだろう。

これだけならよくある写真なんだけど……

「……なんで二人とも幽霊のコスプレしてんの？」

白装束に長髪のカツラ、極めつけは〝名前は分からないけれど幽霊がよく頭につけている白い三角の布〟だ。こんな双子コーデはもちろん聞いたことがない。

あと……気のせいかな？　佐藤《さとう》さんの隣にいるこの女の子、どこかで見たような気がするんだけど……はて……？

頭を捻《ひね》りながら、なんとなく写真を眺めていると……

「あれっ？」

おかしなことに気がついた。

どういうわけか、隣の少女が満面の笑みなのに対し、佐藤さんがすごい形相でこちらを睨《にら》みつけてきているのだ。

いや、実際には俺を睨みつけてきているわけではなくて、カメラを睨みつけているんだろうけど……何故《なぜ》だろう。彼女の目を見ていたら、得体のしれない悪寒が走った。

見れば見るほど謎《なぞ》の多い写真だ。とりあえず……

「いいね押しとくか……」

なんだかよく分からないけれど、とりあえずいいねをつけておいた。

♥

「――いいわけないじゃん！」

押尾《おしお》君からの「いいね通知」が届いたのを見るなり、私は自室で一人叫んでしまった。

スマホの画面を、ちょうど写真と同じ顔で睨みつけてみるも、その不毛さに嫌気がさしただけだった。

「うううっ……！」

ベッドに寝転がって、一人唸《うな》る。

昼間、お化け屋敷で見たあの光景が、頭の中をぐるぐると巡っていた。

押尾君が凛香《りんか》ちゃんと一緒にあの場にいたことは驚いたけれど、それはいい。百歩譲っていい。

問題は押尾君が凛香ちゃんと手を繋《つな》いでいたばかりか、あ……あろうことか、お姫様抱っこを っ……！

「―――――っ!!」

枕《まくら》に顔を埋《うず》めて叫びまくった。下の階からお母さんの「うるさい!!」という怒鳴り声が飛んでくるまで叫びまくった。

「か、考えれば考えるほどモヤモヤするっ……！」

もう半日も経ったというのに、あの短いワンシーンが頭から離れない。

押尾君は、どうして凛香ちゃんと一緒にいたんだろう？　どうして二人でお化け屋敷に入ったんだろう？　どうして手を？　どうしてお姫様抱っこを……！

私の意思とは無関係に、頭の中であのワンシーンが繰り返し再生されて、その度によく分からない「モヤモヤ」が胸の中で膨らんでいく。

だ、だめだ……このままだと頭がおかしくなっちゃう……！

どうにか気を紛らわそうと、ひとまず今日バイトであったいいことを思い返してみる。

最初は向いてないと思ったアルバイトだったけれど、なんとか今日一日やり遂げることが出来た。これはいいことだ。私偉い。

それに、ツナちゃんとも仲良くなれた。MINE《マイン》のIDも交換したし、今度遊ぶ約束もした。これはたいへんいいことだ。

ああ、あとバイト代が思った以上に貰《もら》えたのもいいことだ！

一日中走ったり大声を出したりしたせいで終わった後はへとへとだったけど、まさかの日給一万円超えに、「こんなにもらっていいんですか!?」と言ってしまったほどで……でも。

「まだちょっと足りないんだよね……」

当然のことだけど、今日一日のアルバイトでは目標金額に届かなかった。

残り８４００円。ちょうどアルバイトもう一日分ほど足りていない。

でも、お化け屋敷のアルバイトは今日一日限りの単発で、なおかつ次のアルバイトは見つかっていなくて……

……今日あったいいことを見つけるつもりだったのに、気分が落ち込んでしまった。

「どうしよう……」

私はぽつりと呟《つぶや》き、藁《わら》にもすがる思いでスマホを手に取った。こうなったら自分で求人情報を見つけようと思ったのだ。

しかし、お祭りまであと10日を切っているわけで、そんな短い期間で単発のアルバイトなんて、そう都合よく見つかるのだろうか……

そんなことを考えて憂鬱《ゆううつ》な気分になっていたら、ふいにMINEのメッセージが届いた。

メッセージの送り主は……

「蓮《れん》君……？」

意外な人物からのメッセージに、私は目を丸くしてしまった。

確かに、みんなで緑川《みどりかわ》へ行った時、全員とMINEのIDを交換したのは覚えている。でも実際に彼からメッセージが届いたのは初めてだ。

「……なんだろう？」

私はなんの気なしに、彼のトーク画面を開く。

すると、そこにはいくつかの小分けにされたメッセージで、こう記されていた。

〝佐藤《さとう》さん、円花《まどか》から聞いたんだけどアルバイト探してるんだって？〟

〝ちょうど一個紹介できるところあるんだけど〟

〝今度の日曜日、日給８８００円〟

〝やる？〟

「――やるっ!!」

メッセージに対して、全力で返事をしてしまった。

下から再びお母さんの「うるさい!!」が飛んでくる。でも、そんなの気にならなくなるぐらい私は興奮していた!

もちろん円花《まどか》ちゃんが私のためにバイトを探し続けてくれていたことや、こんな奇跡的なタイミングで蓮《れん》君がアルバイトを紹介してくれたことも嬉《うれ》しい!

そしてそれと同じぐらい嬉しいのが「日給8800円」だ!

「足りる……!」

そう、このバイトを完遂すれば、私の所持金が当初の目標金額の2万8000円に達する。

つまり心置きなく押尾《おしお》君とのお祭りデートに行ける、ということだ!

私は慌てて返信を打ち込み、蓮君にバイトの詳細を尋ねる。すると、すぐにメッセージに既読がついて、肝心のバイトの詳細が送られてきたわけだけれど……

「このバイトって……」

私は、蓮君から送られてきたメッセージを見て、目を見張ってしまった。まさか、という感じだった。

だって、こんなにできた話は他にない。

私、佐藤《さとう》こはるの最後のアルバイト先は――

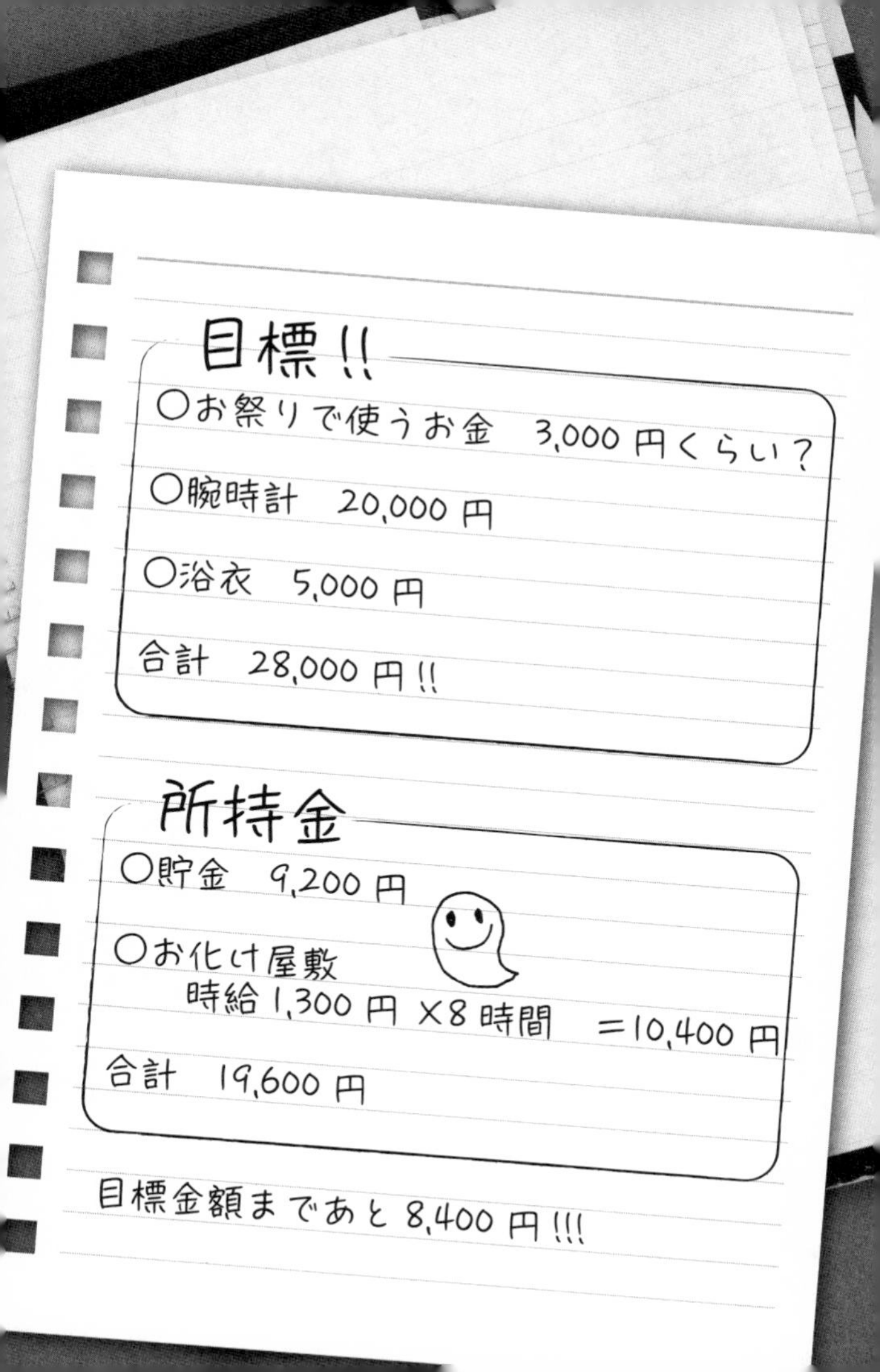
目標!!
○お祭りで使うお金　3,000円くらい?
○腕時計　20,000円
○浴衣　5,000円
合計　28,000円!!
所持金
○貯金　9,200円
○お化け屋敷
時給1,300円×8時間　=10,400円
合計　19,600円
目標金額まであと8,400円!!!

三枚目　cafe tutuji

♠八月二三日（日）

「颯太《そうた》、ハニーパンケーキ焼き上がったんだけど三番卓さんいけるかい？」

「ごめん、今七番さんの紅茶蒸らしてて……それが終わったら」

　俺はティーポットの中で浮き沈みする細かい茶葉をじっと見つめたまま答える。

　父さんと三番卓のお客さんには悪いけれど、今ここから離れるわけにはいかない。茶葉は蒸らしの時間が数秒ズレただけで味が変わってしまう。〝cafe tutuji〟の紅茶担当として、そこだけは譲れないポイントだった。

　ただしパンケーキ担当の父さんとしては、焼きたてのパンケーキを提供できないのは不服なようで……

「しょうがない、父さんがいくか……お客さん逃げないといいな」

「父さんスマイルだよスマイル」

「こう？」

「いや、そんな眩《まぶ》しくて目が潰《つぶ》れそうな笑顔じゃなくて、もっと自然な……ポージングもしないで」

「難しいな……」

「絶対難しいことなんて言ってないはずなんだけどな……」

このやり取りも、これで何度目になるのだろう。

いつも通りの会話、いつも通りの仕事、いつも通りの〝cafe tutuji〟。いろんなバイトを経験したけれど、やっぱり慣れた職場が一番落ち着く。

ただ、今日の〝cafe tutuji〟には一つだけ、いつもと大きく違うところがあった。

「——押尾《おしお》さん！　三番卓、私が運びます！」

父さんが〝不気味〟としか形容できない笑顔を引っ提げて、いざ厨房《ちゆうぼう》を出ようとしたところ、絶好のタイミングで彼女が戻ってきた。

その彼女というのが……

「悪いねぇ、こはるちゃん」

「いえ、お仕事ですから！」

佐藤《さとう》こはる。

普段の印象とはまた違う、フォーマルな制服を着こなした彼女は、はにかみながら答えた。

そう、今日の〝cafe tutuji〟には佐藤さんの姿があった。お客としてではない、従業員としてだ。

「じゃあ行ってきます！」

佐藤《さとう》さんは快活に言って、三番卓さんへパンケーキを運ぶ。

俺はそんな彼女の手際の良さに驚き、そのまま彼女の後ろ姿を目で追いかけた。その背中にはある種の頼もしさまで感じられる。

「いやぁ、驚いたよねぇ」

父さんが三番卓で接客する佐藤さんを眺めながら、おもむろに言う。結局は親子ということか、考えることは同じなのだ。

「まさか、蓮《れん》君が紹介してくれた代わりのアルバイトがこはるちゃんだったなんてね」

「ホントにね……」

カフェが最も忙しくなる日曜日に、スイーツ同好会のみんなに急用が入ってしまって、これはどうしたものかと父さんと頭を抱えていたのがつい先日のこと。

どこかに一日だけでいいからウチで働きたい人はいないものかと募集をかけてみたけれど、いかんせん期間が短すぎた。結果は惨敗だった。

こうなったらダメ元で、と人脈おばけの蓮に連絡してみたら……

「──アルバイト？　一人心当たりあるぜ」

なんて、いかにも頼りになりそうなセリフが返ってきて、本当に宣言通り一人引っ張ってきたのだからその手腕に感嘆した。

まさかそれが佐藤さんとは夢にも思わなかったけど……

ちなみに驚いたのはそれだけじゃない。

「こはるちゃん、思っていたよりずっと手際がいいね」

そう、そこなのだ。

俺の知る佐藤さんは人見知りな上、致命的なまでの不器用。

だからこそ佐藤さんがやってきた時は、佐藤さんと一緒に働けることが嬉《うれ》しくなる反面、不安に思ったのが本当のところだったんだけど……蓋《ふた》を開けてみたらどうだろう。

不安なんてとんでもない、彼女の働きぶりは俺たちの予想を上回っていた。

「こはるちゃん呑《の》み込みが早いね、メニューももう覚えちゃったみたいだし、お客さんへの説明も完璧《かんぺき》だ」

「最近は見なかったけど、ちょっと前までは結構な頻度でウチに通ってたからね。多分それで覚えたんじゃないかな」

「ああ、なるほどどうりで」

父さんが納得したようにぽんと手を打つ。でも、俺が驚いているのはもっと別の部分だ。

「──お待たせしました、ハニーパンケーキです。こちらシロップはお好みでどうぞ」

……佐藤さんが初対面の相手に普通に接客をしている。塩対応も発動していない。

なんだろう、上手《うま》く表現できないんだけど……佐藤さん、しばらくカフェで見ないうちにずいぶんと肝が据わったような……？

「あの、私たちもう食べ終わったんですけど、たぶんそれ向こうのお客さんの注文じゃ……？」

「えっ？　あ、あれ!?　ほ、本当だ！　失礼いたしました！」

……おっちょこちょいなところは変わってないみたいだけれど。

ああっ佐藤《さとう》さん、伝票！　伝票を忘れてる……！

「颯太《そうた》、紅茶」

「あっぶなっ！！？」

俺は弾《はじ》かれたようにティーポットへ視線を戻した。

せ、セーフ……！　父さんに指摘されるまですっかり蒸らしのことを忘れてしまっていた！

もう少しで紅茶担当を解任されるところだ！

慌てて紅茶に戻る俺を見て、父さんがニヤニヤと笑っている。

「やっぱり女の子が一人いると違うねえ颯太、雰囲気が華やぐというか」

「そ、そうだね」

「母さんが着られなかった制服もようやく日の目を見れたことだし」

「サイズが合ってて助かったね……」

「一応仕事中なんだから、あんまり制服姿のこはるちゃんに見惚《みと》れちゃダメだよ」

「っ……！」

あまりの恥ずかしさに顔面が熱を持つのを感じた。

さ、さっきのミスがあるだけに言い返せないっ……！　実際、佐藤《さとう》さん制服メチャクチャ似合ってるし……！

父さんのニヤニヤ笑いを受けながら、紅茶を淹《い》れていると……

「押尾《おしお》さん、戻りました！」

噂《うわさ》をすればなんとやら、佐藤さんが戻ってきた。

「ありがとうねこはるちゃん」

「いえいえ！　次やることは何かありますか？」

どうやら佐藤さんは手が空いているらしい。ちょうどいい、今まさに紅茶を淹れ終わったところだったのだ。

「あ、じゃあ佐藤さん、七番卓さんにこれお願いできる？　アールグレイが二つなんだけど……」

言い終えるよりも早く、佐藤さんがじろりとこちらを睨《にら》みつけてきた。

さっきまで父さんへ向けていた笑顔はどこへやら、突如として絶対零度の眼差《まなざ》しだ。

あまりの変貌《へんぼう》ぶりに、俺は「えっ……？」と情けない声を漏らしてしまう。

だ、ダメなのか……？

「……いいよ」

佐藤さんはこちらを睨みつけたままそれだけ呟《つぶや》くと、淹れたての紅茶を七番卓さんへと運んでいく。

「お待たせいたしました、アールグレイです。熱いのでお気をつけください」

そして七番卓では元通りの笑顔で接客をしていた。

――まただ。

実は佐藤さんの異変は今に始まったことではなかった。

何故《なぜ》だか今日一日ずっと、佐藤さんが俺にだけ塩対応なのだ。

「お、俺なんかしたっけ……？」

仕事に集中しようと決めたばかりだったのに、またぐるぐると思考が巡る。

俺は知らず知らずのうちに何か佐藤さんに嫌われるようなことをしてしまっただろうか？

まったく覚えがない……

た、たまたまそういう反応になってしまっただけ？　それとも俺の気のせい？

分からない、分からないけれど、とりあえずそういうことにしておかないと、とても仕事どころじゃなくなりそうで……

「颯太《そうた》、何かこはるちゃんに嫌われるようなことをした？」

「うぐぅっ！」

父さんの何気ない一言が一番胸にきた。

そんな俺の心境とは関係なく〝cafe tutuji〟の時間は進む。

さすが日曜日ということもあり客足は途切れず、俺も父さんも、当然佐藤《さとう》さんも、慌ただしく動き回るうちにすっかり日も暮れて――

「――はい今日の営業おしまい！　颯太《そうた》もこはるちゃんもおつかれさまでした！」

父さんが店先のプレートをひっくり返して「open」から「closed」に入れ替える。

それを見届けるのと同時に、全身にどっと疲れが押し寄せてきた。

「お、終わった……！」

慣れた職場とは言ったものの、やっぱり疲れるものは疲れる。

俺ですらそうなのだから、佐藤さんはもっとだろう。横目をやると、彼女は「はあああああっ」と深く息を吐き出していた。すっかり疲労困憊《こんぱい》といった様子だ。

……今なら、いけそうな気がする！

「佐藤さんもお疲れ様、今日はどうだった？」

「楽しかったよ」

――いけなかった。

佐藤さんは言葉とは裏腹にすこぶる不機嫌そうに答えて、ぷいとそっぽを向いてしまった。

俺のガラスハートにまた一つ亀裂《きれつ》が走って、ちょっとだけ泣いた。

——今日一日一緒に働いてみたわけだけれど、結局佐藤さんの不機嫌の理由は分からずじまいだった。

話しかければ応《こた》えてくれるし、頼めば引き受けてくれる。父さんには笑顔も向けるけれど、佐藤さんは、一貫して俺にだけ塩対応を貫いた。

せめて、せめて理由だけでも聞き出そうとしているんだけど……

「……」

……は、話しかけられない……！

こんなにもお互いの距離は近いのに、その冷たい横顔を見ていると、教室で遠目に佐藤さんを眺めていたあの頃のことを思い出した。

今の佐藤さんからは、それぐらい「俺を絶対に寄せ付けないオーラ」が漂っていたのだ。

……俺は本当に嫌われてしまったのだろうか。

暗い考えが頭をよぎる。想像だけで胸がきゅっと締め付けられて、全身から血の気の引く思いだった。

俺が何をしたのかは正直分からない。

本当のことを言えば今日一日ずっとそればかり考えていたんだけれど、思い当たる節はなかった。だからこそ怖い。

もし、俺が知らず知らずのうちに佐藤さんを傷つけ、軽蔑《けいべつ》されるようなことをしていたとしたら……もうお祭りデートどころではない。

ば、場合によっては……別れを切り出されたり、とか……

妄想はだんだんエスカレートしていって、吐き気がしてくる。

理由を聞き出したい気持ちと、聞きたくない気持ちがせめぎ合って胃痛までしてきた。悪夢でも見ているかのようだ……

まだ何一つ確かなことなんてないはずなのに、勝手に悲観的になって、この世の終わりのような気分になっていると……

「——颯太《そうた》ぁ、こはるちゃん！　今日最後のお仕事！」

いつの間にか厨房《ちゅうぼう》の方へ戻っていた父さんが、声を張り上げた。

……最後のお仕事？　掃除、それとも洗い物だろうか？

とりあえず名指しで呼ばれたので、俺と佐藤《さとう》さんは訝《いぶか》しみながらも厨房の方に足を運んだ。

すると——どういうわけか、パンケーキが新たに二枚焼き上がっていた。

「父さん、これは……？」

「五番卓さん、ハニーパンケーキ二つ、颯太、こはるちゃん、二人で運んでくれる？」

「五番卓って……お客さんなんてもうとっくに誰もいないよ？」

「いるじゃん、二人も」

「えっ……？」

「営業時間が終わったから今度は二人がお客さんだもの」

そう言って、父さんがばちりと、やけに上手《うま》いウインクで俺になんらかの合図を送ってきた。

ま、まさか……!?

「二人で食べてきなよ、パンケーキ」

「父さん……！」

今、この筋肉ダルマを父親にしてくれてありがとうと、本気で神に感謝した。


……とはいえ、気まずいものは気まずい。

俺と佐藤さんは今、夕焼け色に染まるテラス席の一つで、向かい合って座っていた。

結局、まだ一言も言葉を交わしていない。

「……」

夕焼け色に染まった佐藤さんが、無言のままパンケーキをつついて淡々と口に運んでいる。

一方で俺はというと、とてもじゃないが物が喉《のど》を通るような状態ではなく、やけに渇く喉がへばりつかないよう、ちびちびと水ばかり飲んでいた。

以前、佐藤さんのお父さん——和玄《かずはる》さんともこのようにして同じテーブルで向かい合ったが、あの時とは比較にならない緊張感だった。

時たま、ファミレスなどで喧嘩《けんか》中のカップルを見ることがあるけれど、まさしくあれと同じ状態だった。

「……」

徐々に減っていく佐藤《さとう》さんのパンケーキとは反比例して、俺の中の焦りと自己嫌悪が膨らんでいく。

せっかく父さんが気を利かせてくれたというのに、情けないことこの上ない。

……本当に、何をやっているんだ俺は。

ただ一言尋ねるだけだろう。「どうして怒っているの?」と。

でも、その一言がなによりも重い。最悪の考えばかりが頭に浮かんできて、どうしてもその一言を口にすることができない。

それを口にした途端、俺と佐藤さんの関係性が決定的に変わってしまうんじゃないかという予感が、どうしても俺を躊躇《ためら》わせた。

「……」

俺は佐藤さんの表情を窺《うかが》った。

佐藤さんは相変わらずの無表情でパンケーキを口に運んでいる。こんな状況で言うのもなんだけれど、はっとするほど整った顔立ちだった。

誰をも寄せ付けない高嶺《たかね》の花、塩対応の佐藤さん……そんなフレーズが頭の中をよぎった。

学校の皆は、彼女の整いすぎた容姿と冷淡な態度へ称賛と揶揄《やゆ》の意を込め「塩対応の佐藤さん」という呼び名をつけた。

　確かに、今の佐藤さんには、ある種作り物じみた不思議な美しさがある。学校の皆がそんな彼女へ注目するのも頷《うなず》けた。

　……でも、今になって改めて思った。

　俺が好きになったのは「塩対応の佐藤さん」ではない。そしてもっと言うなら、学校の皆は何も分かっていない。

　――佐藤さんは、笑った顔が一番可愛《かわい》いのだ。

「佐藤さん」

　さっきまで重く閉ざされていた口が開き、自然と言葉が出ていた。

　もう、こんなところでウジウジしているのはやめにしよう。俺はまだ佐藤さんと話したいことが山ほどある。

　そして、もう一度彼女の笑顔が見たいんだ。

「たぶん俺が何か佐藤さんの気に障ることをしたんだよね？　ごめん、今日一日ずっと考えてみたんだけど、俺、鈍感だから本当に気付けなくって――」

「――凛香《りんか》ちゃんとお化け屋敷行ってたでしょ」

「えっ？」

　こちらの言葉を遮り、佐藤さんが言った。

お化け屋敷……？

全く予想していなかったワードが飛び出してきて、素《す》っ頓狂《とんきょう》な声をあげてしまった。

「え、あ……うん、先週の水曜日かな。確かに凛香《りんか》ちゃんとお化け屋敷に行ったけど……」

「なんで？」

佐藤《さとう》さんがフォークを置き、更に問い詰めてくる。

ここ一番の迫力に、俺は一瞬怯《ひる》んでしまった。

なんで知っているんだろう？　という当然の疑問が湧《わ》きかけたけれど、その凄《すさ》まじい眼力の前ではそんな些末《さまつ》な疑問、すぐにまた奥の方へ引っ込んでしまった。

「あ、あの日、ちょうどコトブキでバイトをしてたんだけど、偶然バイト中に凛香ちゃんに会って、友達とのプレゼント選びを付き合うように頼まれて……」

「それでどうしてお化け屋敷に？」

「いや、それは俺もよく分からないんだけど、凛香ちゃんがどうしても一度入ってみたいって言うから……」

「ふ―――ん」

佐藤さんが何やら含みのある「ふ―――ん」を口にした。

……さて、いくら鈍感な俺でも、さすがにここまでくれば理解する。

佐藤さんが怒っている理由、それは……

「もしかして、俺が凛香ちゃんと二人でお化け屋敷に入ったから怒ってる……？」

「……だってそれデートじゃん」

でっ、デート!?

予想だにしていなかった一言に、俺は狼狽《ろうばい》してしまう。

「デートなんてそんなっ！　凛香ちゃんはまだ中学生で、俺にとっては妹みたいなもんで、あの、特別な感情なんて当然ないし！　向こうも多分そうだよ!?　佐藤さんが心配するようなことは何も……！」

そこまで言ってから、俺の中に一つ違和感が芽生えた。

……違う。佐藤さんが心配するようなことは何も、じゃない。

「……ごめん、今のは俺が間違えた」

俺がどう思っているとか、事実がどうだったかとか、必死で言い訳を並べ立てても、そういうのは関係ないんだ。

俺の落ち度は、佐藤さんの気持ちを考えきれていなかったこと。

俺は、自分の恋人が心配するようなことをしてしまい、しかもそれに気付けなかった。それだけで恥ずべきことだったのだ。

「佐藤さんを心配させた時点で全面的に俺が悪い。凛香ちゃんの誘いは、なんとしてでも断るべきだった……本当にごめん。もう絶対にしない」

俺は深々と頭を下げた。

これで許してもらえるかは分からないけれど、自分の不甲斐《ふがい》なさを考えればそれも当然と思えた。俺はまだ、自分の恋人の気持ちをちゃんと理解できていなかったのだ。

……やっぱりまだ怒ってるよな……？

おそるおそる彼女の表情を窺《うかが》う。

すると佐藤《さとう》さんは……なにやら複雑な表情を浮かべていた。

不満げに唇を尖《とが》らせ、そっぽを向いて……少しばつが悪そうにも見える。

なんにせよ「塩対応の佐藤さん」は、もうそこにはいなくなっていた。

「別に……それぐらい分かってるもん」

佐藤さんが、ぽつりと呟《つぶや》く。

「押尾《おしお》君の反応を見てたら分かるよ。押尾君が凛香《りんか》ちゃんを妹みたいに可愛《かわい》がってること……それは私も素直に嬉《うれ》しいし、でも、そういうことじゃないもん」

「えっ……」

ち、違う……!?　それで怒っていたわけじゃない!?

こうなってくるともう本格的にお手上げだ。今度こそ本当に思い当たる節がない！

それでも他に何かなかったかと、俺は必死であの日の記憶を掘り起こす。

軽いパニック状態に陥っていると——佐藤さんがおもむろにテーブルの上へ手のひらを置

いた。

な、なんだこの手は……!?　何を意味しているんだ!?

いよいよ困惑も極まって、どうしていいか分からなくなる。

すると、佐藤さんはいよいよ痺《しび》れを切らしてしまったらしく、ぽつりと呟いた。

「……私は手、繋《つな》いでもらってないもん」

て……？

イマイチ言葉の意味が呑《の》み込めず呆《ほう》けていると、佐藤さんの顔がたちまち赤く染まっていく。

そして彼女は、こちらとは目を合わせないままに、言い直した。

「――押尾君、凛香ちゃんとは手繋いでたのに、私とは付き合ってからまだ一回も、手繋いでくれてないもん……」

……この時の俺の心境ときたら、言葉で表すのはたいへん難しい。

ただ頭を殴られたような衝撃に、気を失いかけたのだけは確かだった。

反則……これは反則だ。

そんな風に言われて、いつもの澄まし顔を保てるわけがない――

「……はい」

俺は俯《うつむ》きがちに呟いて、彼女の差し出した手のひらへ自らの手を重ねた。

火傷《やけど》しそうなぐらい熱を持っているのは俺の手か、それとも佐藤さんの手の方か。よく分からないうちに、佐藤《さとう》さんから強く手を握り返される。

柔らかくて細い指が、俺の手をしっかりと握っている……

「っ……！」

それでも俺は最後の勇気を振り絞ってその手を握り返し、彼女の目を見た。

すると佐藤さんもまた顔を赤らめたまま、一言。

「あとパンケーキもあーんして」

「あーんも!?」

「手は離さないまま」

「手は離さないまま!?」

ま、まだ攻めてくるのか!?　俺のキャパはもうとっくに超えているのに!?

というか片手でパンケーキを一口大に切り分けるの難しすぎるんだけど……！

右手は佐藤さんと繋《つな》いだまま、左手にナイフを持って、どうしたものかと戸惑う。

そんな風に、俺が四苦八苦していると「ふふっ」と噴き出す音が聞こえた。俺が顔を上げると——佐藤さんは笑っていた。

しかしそれは俺のよく知る佐藤さんの笑顔ではない。

佐藤さんは今までに見たことがないぐらい艶《つや》っぽくて、挑発的な笑みを浮かべながら……

「——やっと押尾《おしお》君の困った顔が見られた」

もう色々と、限界だった。

「佐藤さん……」

不思議な光をたたえる彼女の瞳《ひとみ》から、目が離せない。

頭の中が真っ白になって、俺の世界から彼女以外の全てが消えてしまう。

我を忘れた俺は、そのまま吸い込まれるように彼女へ顔を寄せていって……

「あー、颯太《そうた》、こはるちゃん、お取り込み中に申し訳ないんだけど」

「うわあぁっ!?」

「ひぎゃっ!?」

俺と佐藤さんは同時に悲鳴をあげ、素早くお互いの手を引っ込めた。

驚いて声がした方へ振り返ると——全然気付かなかった。父さんがすぐ傍《そば》に立って、こちらの様子を窺《うかが》っている。

お、俺は今、父さんが見ている前でいったい何をしようと……!?

俺も佐藤さんも、お互いにばくばく鳴る心臓を押さえてうずくまっていると——父さんが佐藤さんへあるものを差し出した。それは、一通の茶封筒である。

「はいこはるちゃん、これ今日のお給料、忘れないうちにと思って」

「あ、ありがとうございます……！」

佐藤さんは息も絶え絶えにこれを受け取って懐へしまう。彼女の表情は疲弊しきっているけれど、確かな達成感があらわれていた。

彼女の嬉《うれ》しそうな顔を見ると、俺も嬉しくなってくるけれど……本音を言えば、父さんにはもうちょっと空気を読んでほしかったな……

目標!!

○お祭りで使うお金　3,000円くらい?

○腕時計　20,000円

○浴衣　5,000円

合計　28,000円!!

所持金

○貯金　19,600円

○ cafe tutuji　日給　8,800円

合計　28,400円

目標金額　達成!

四枚目　お祭り

♠八月二九日（土）

とうとうこの日がやってきた。

俺は青海《おうみ》駅からお祭りの会場へ向かう道中、からんからんと下駄《げた》の鳴る音を聞きながら感慨にふける。

下駄——そう、今日の俺は浴衣姿だった。

しかもただの浴衣じゃない。二週間、いくつかのアルバイトを転々として、ようやく買った浴衣である。

蓮《れん》には感謝しなくてはいけない。

何故《なぜ》なら彼は、初めお祭りデートへ浴衣を着ていくという発想自体がなかった俺に対し、

「お前、付き合ったばっかの彼女とお祭りデート行くのに浴衣着ねえの？　マジで？」

と、ゴミを見るような目で吐き捨てた。これには結構傷ついたけれど、しかしそのおかげで俺は浴衣の購入を決意することができたんだ。

……まあ正直この格好で一人、桜庭《さくらば》駅から青海駅まで電車に乗って移動したのは、ちょっ

と恥ずかしかったけど……もう過ぎたことだ！

からんからんと下駄を鳴らしながら、宵闇《よいやみ》の町を歩く。

段々と周りに浴衣姿の人たちが増え、遠くの喧騒《けんそう》が近付いてくる。そろそろ佐藤《さとう》さんとの待ち合わせ場所の公園に着く。

まぁ、まだ待ち合わせの時間には30分も早いから、さすがに来てないだろう……そう高をくくっていたんだけれど……

「えっ……？」

祭りの喧騒から少し外れた、小さな公園。

照明の灯《あか》りが照らす下、遊具の一つに腰をかけて足をぱたぱたやる彼女を見た時、俺は言葉を失ってしまった。敗因をあえて挙げるとするなら、二つの油断だ。

まず一つ目の油断は、さっきも言った通り、待ち合わせの時間にはまだ早いから彼女もまだ来ていないだろうと高をくくっていたこと。

そしてもう一つの油断は──自分の浴衣に必死になるあまり、彼女もまた浴衣で現れる可能性というのを、完全に見落としてしまっていたこと。

──そう、佐藤さんは浴衣だったのだ。

「佐藤、さん……」

その小さくありふれた公園の中で、浴衣姿の彼女は圧倒的な存在感を誇っていた。

紫陽花《あじさい》の柄がちりばめられたその浴衣は、華やかで風情があり、ただでさえ注目を集める佐《さ》藤《とう》さんの容姿を、更に引き立てている。

いつもはそのままの髪の毛も、今日に限っては編み込んでまとめているらしく、それもまた浴衣と絶妙にマッチしていた。

場が華やぐ、という表現があるが、まさしくその通りだ。

佐藤さんの周りだけ、まるで別の世界であるかのように輝いて見えた。

遠目に彼女を見つめ、すっかり見惚《みと》れてしまっていると……

「……押尾《おしお》君?」

とうとう佐藤さんがこちらに気付いてしまった。

遊具から飛び降りて、とてとてとこちらへ向かってくる。

「あ、さ、佐藤さん来てたんだ、ずいぶん早いね」

途端に俺は我に返り、いかにも「今来ましたよ」風を装った。向こうに気付かれるまで見惚れてしまっていたというのは、やっぱり恥ずかしい。

「ふふ、早く着きすぎちゃった、……前もこんなことあったね?」

「海の時でしょ? 確かにあの時と一緒だね」

「……その」

佐藤さんが恥じらうように、指で髪の毛をくりくりやった。

「……ゆ、浴衣似合ってるね、押尾君……カッコよくて、ビックリしちゃった」

「……佐藤さんもメチャクチャ似合ってるよ、正直、さっきは見惚れちゃってた」

「そ、そっか……はは」

俺も佐藤さんも頰《ほお》を赤らめ、同時に目を逸《そ》らしてしまう。

お互いに顔を合わせられないまま、妙な間があって……

「じゃ、じゃあ早速お祭り回ろうか！」

「う……うん！　私、すっごい楽しみなの、あははは……」

耐え切れなくなって、無理やり流れを変えた。

始まって早々こんな調子で、本当に大丈夫なのか……!?

一抹の不安を覚えながら歩き出すと——後ろから手を握られる。

「えっ……？」

驚いて振り返ると、佐藤さんが俺の手を握っていた。

俺と目が合うと、佐藤さんは少しだけ気恥ずかしそうに、はにかんで。

「ほ、ほら、はぐれるといけないから……」

「……………そうだね」

俺はたっぷり間を空けてから答え、彼女の小さくて華奢《きゃしゃ》な手を、優しく握りしめた。

そして当然のごとく、二人の間に気まずい静寂が訪れる。遠くの祭り囃子《ばやし》が、やけに大きく聞こえた。

——本当に大丈夫なのか⁉

俺は心の中でもう一度繰り返した。

「——あれっ⁉　こはるんじゃないですか⁉」

公園を出て間もなく、露店のはじまりに差し掛かったところで、突然どこからともなくそんな声がした。

なんとなく声が聞こえた方へ振り向いてみると……りんご飴《あめ》の屋台の中に立った小さな女の子が、こちらを見て目を見開いている。

あれ？　この子どこかで見たような……

「ツナちゃん⁉」

佐藤《さとう》さんが彼女を見るなり声をあげた。

そこで俺はようやく、彼女があの時佐藤さんがミンスタにあげていた幽霊双子コーデの子だと気がつく。

「佐藤さん、あの子は知り合い？」

「うん！　私の友達！　十麗子《つなしれいこ》ちゃんって言うの！　この前バイトで一緒になった子で……桜庭《さくらば》高校の一年生なんだって！」

「へえ？」

桜庭高校、ということは後輩？

てっきり彼女は中学生、ともすれば小学生ぐらいだと思っていたんだけれど……失礼なことを言う前に、あらかじめ教えておいてもらってよかった。

「こはるん、お祭り来てたんですね！」

「うん！　ツナちゃんは？」

「ボクは店番です！　ここ、お父さんが出しているお店なんですよ！　……そちらの方は？」

「押尾颯太《おしおそうた》君！　桜庭高校のクラスメイトで……」

「ほほう、カレシですか」

「えっ」

きっと、佐藤さんのことだ。

もっと回りくどく説明するつもりだったのがすぐに見破られてしまい、鳩《はと》が豆鉄砲を食らったような気持ちになっているのだろう。

「な、なんで分かったの……？」

「そりゃ、お祭りに男女二人で来てたら誰でも分かりますよ！　それにほら、手が……」

「手？」

十さんに指摘されて、佐藤さんがゆっくりと視線を下ろす。

どうやら偶然友達に会えた嬉《うれ》しさから本気で忘れてしまっていたらしい。まだ俺としっかり手を繋《つな》いだままでいることに……

「あっ……！」

佐藤《さとう》さんが慌てて手を離し、羞恥《しゅうち》のあまり、そのまま機能停止してしまった。もう少しすれば耳からしゅんしゅんと蒸気を噴き出しそうなほどだ。

そういう反応をされると、俺まで恥ずかしくなってくるんだけど……

「押尾《おしお》さん、でしたよね？」

佐藤さんが使い物にならなくなってしまったからだろうか、十《つなし》さんが俺に声をかけてくる。

「はじめまして、えーと……」

「ツナちゃんで大丈夫です！」

十さん、もといツナちゃんが何故《なぜ》か誇らしげに言った。そのあだ名、気に入っているのだろうか？

「ボクはソータ先輩とお呼びしますので！　――時にソータ先輩！」

「うん？」

ツナちゃんが、じいっと俺の顔を覗《のぞ》き込んでくる。

何かと思ったらツナちゃんは「うん！」と一つ力強く頷《うなず》いて、

「ホラー映画なら最後まで生き残れそうな顔ですね！」

「か、感性が独特……！」

「誉《ほ》めてます！　むしろ最上級の誉め言葉と言って過言ではないでしょう」

「そうなの……？」

イマイチピンときていないけれど……でもまぁ誉め言葉というのならありがたく受け取っておこう。人形みたいなかわいらしさとは裏腹に、変わった子だなぁ……

「こはるんのカレシには最後まで生き残ってもらわないと困ります！　なんせこはるんはホラー映画だと一人で生き残れなさそうな顔なので！」

「……それは大変だね」

「ええ、だからしっかりと守ってあげてください！　ボクの数少ない友達が減ってしまいますから！」

「一緒に生き残れるよう頑張るよ」

苦笑しながら、そう答える。

変わってるけど、いい友達だね。

そう佐藤さんに声をかけようとしたけれど、彼女は未《いま》だにフリーズしたままだった。

……確かにこれは、ホラー映画では生き残れなさそうだ……

ツナちゃんから買ったりんご飴《あめ》を片手に、露店巡りを再開したところ……

「──あれっ⁉　こはるちゃんじゃない⁉」

再び、屋台の方から彼女の名前を呼ぶ声がした。

今度はお好み焼きの屋台だ。エプロン姿の、いかにも人の好《よ》さそうなおばさんがこちらを手招きをしている。

どこかで見たような顔だけれど……あのおばさんも知り合いなのか？　佐藤《さとう》さん、意外と顔が広いんだなぁ。

そう思っていたら、佐藤さんはぎゅっと目を凝らして……

「……誰だろう？」

「知らない人⁉」

驚きのあまり声をあげてしまった。

だってあのおばさん、あんなにも親しげに、ぶんぶんと手招きしてるけど……⁉

「……あっ！」

しばらく目を凝らして、佐藤さんが何かに気付いたらしい。屋台に向かってとてとてと走り出したではないか。

やっぱり知り合いだったのだろうか……？

俺は彼女の後に続いて、お好み焼きの屋台へ小走りで駆け寄って──そこでようやく気がついた。

にこやかな笑顔のおばさんの隣に、なにやらただならぬ存在感を醸し出す白髭《しろひげ》の老人が立っている。

何故《なぜ》今まで気付かなかったのかというと——信じられないかもしれないが、その老人が巨大すぎるあまり、遠目で見ると、肩から上が露店の屋根で隠れてしまっていたからだ。文字通りあまりにもスケールが違いすぎて、脳が背景として処理していた。

しかし俺も佐藤さんも、彼を知っていた。

「——潮《うしお》さん！」

佐藤さんが、親しげに彼の名前を呼んだ。

潮さんは無言のまま、鷹《たか》のように鋭い目で佐藤さんを見下ろす。傍《はた》から見れば「筋骨隆々の老人が女子高生を睨《にら》みつける」異様な光景に映るかもしれないけれど、彼は元々そういう顔なだけだ。

すると、彼の隣で手招きするあのおばさんは……？

「はじめましてぇこはるちゃん！　妻の満江《みつえ》です！　主人から話は聞いてるわよ！　この前は私の代わりに働いてくれてありがとねぇ」

「あっ、こ、こんばんは……！」

佐藤さんは、ようやく目の前の女性が何者なのかを理解したようで、ぺこぺこと頭を下げている。

やっぱり、前に会ったのが子どもの頃だったので思い出すのに時間がかかったけれど、どうりで見覚えがあると思ったんだ。

「満江《みつえ》さん、お久しぶりです」

「……あら？　あらあらあら!?　もしかして颯太《そうた》君!?　あぁ～大きくなったわねぇ！　花波《かなみ》さんからたまに話は聞いてるわよ！」

相変わらず、無口な潮《うしお》店長とは正反対に元気なおばさんだ。

しかし……

「そういえば、満江さんはどうして佐藤《さとう》さんのこと分かったんです？　直接会ってないんじゃなかったですか？」

「あっ！　それ私も気になりました！」

やはり佐藤さんも疑問に思っていたようで、これに乗っかってくる。

「なんでって、そりゃ……」

何がおかしいのか、満江さんがぶふっと噴き出した。

「――こはるちゃん！　ウチへ働きに来た時に、記念写真撮ったでしょ！　主人がそれプリントして大事そうに飾ってるもんだからもう顔も覚えちゃったのよ！」

「そ、そうなんですか……？」

写真を大事に飾っている？　潮店長が？

それがにわかには信じがたくて、潮店長の顔を覗《のぞ》き込んでみると……なんだか今までに見たことのない顔をしていた。

……照れている？　これは照れているのか？　いや照れ顔怖いな潮店長……

「主人はこんなんなんだけど、こはるちゃんのことはやたら気に入ったみたいでね！　また遊びにおいでよ！　はい！　これ海鮮お好み焼き！　サービスだから！」

遠慮する間もなく、畳みかけるようなトークで海鮮お好み焼きを二人前、押し付けられてしまった。

わたあめにチョコバナナ、金魚すくいに射的に型抜き……

……楽しい時間というのは、どれだけ続いてほしいと願っても、あっという間に過ぎ去るものだ。

時刻も22時を回るころになると、屋台は軒並み閉まり、客足も目に見えてまばらになっていった。文字通りの「祭りのあと」である。

俺と佐藤さんは今、出店を離れて、最初の待ち合わせ場所に使った公園で二人並んでブランコに腰かけていた。

キイキイ鳴るブランコがやけに物悲しい。祭りの喧騒《けんそう》が、まだ耳の奥に残っているようだ。

「……次の電車まで、あとどのぐらいかな」

佐藤《さとう》さんが夜空を見上げながらぽつりと呟《つぶや》く。

月明かりに照らされた彼女の横顔は、ひどく儚《はかな》く、そして美しかった。

「だいたい、あと20分ぐらい」

「そっか……」

佐藤さんがぷらぷらと足を揺らしながら、ひどく寂しそうに言った。

「……もう、今年の夏休みも終わっちゃうね」

「……うん」

そう、もうすぐ、この長いようで短かった夏休みが終わってしまう。

夏の終わりというのは、いつだってなんとなく胸の締め付けられるような寂寥《せきりょう》感があるものだけれど——今年は特にひどかった。

どうしてだろうと考えてみて、すぐにその原因が分かる。

そうだ、佐藤さんと恋人になって迎える、初めての夏が終わろうとしているせいだ。

そこには確かな寂しさがある一方で、佐藤さんとの新しい季節を迎えられる期待感もある。夏休みが終われば当然学校が始まり、やがて秋になる。秋は文化祭だ。

今までなんとなくこなしてきたイベントだけれど、隣に佐藤さんがいるというだけで、こんなにも期待でいっぱいになるとは知らなかった。

ただ……俺にはまだ、どうしても夏を終えるわけにはいかない理由があった。

「……」

俺は懐に忍ばせたソレを、浴衣の上から指でなぞる。……緊張で胸が張り裂けそうだった。

──しっかりしろ！　俺！　なんのためにあれだけバイトを掛け持ちしたんだ⁉　全部この時のためじゃないのか⁉

俺は夜空を見上げて黄昏《たそが》れるフリをしながら、心の中では自らを激しく叱咤《しった》激励する。両手で頬《ほお》も張った。

──実はすでに今日、こんなことをもう何十回とやっている。

そしてことごとく失敗した結果、こんな時間になってしまった。表面上は涼しい顔をしているが、頭の中は焦りでいっぱいだった。

しかし、そんなことも言っていられない。次の電車まであと15分ちょっと、タイミング的にも今がベストで、なおかつラストだ！

……やるしかない！

俺は一つ深呼吸をして、覚悟を決める。

俺はとうとう満を持して、今日一日温め続けたその台詞《せりふ》を口にした。

「佐藤さん！　誕生日おめ……」

「──押尾《おしお》君！　誕生日おめでとうっ！」

「えっ？」

何が起こったのか理解できずに、しばらくの間固まってしまった。

……俺の言おうとした台詞《せりふ》に、佐藤《さとう》さんが台詞をかぶせてきた？

そして佐藤さんは、ぎゅっと目を瞑《つむ》って、力いっぱいある物をこちらへと差し出している。

それは――ラッピングされた細長い小箱だった。

「これは……？」

「わっ、私から押尾《おしお》君への誕生日プレゼント！　今日は押尾君の誕生日だって聞いてたから……！」

「誕生日……」

俺は嚙《か》み締めるようにその台詞を復唱する。

……そうだ、別のことに気を取られてすっかり忘れてしまっていたけれど、今日――八月二九日は俺の誕生日だった。

「気に入ってもらえるか分からないけど、受け取ってもらえるとうれしいなって……！」

佐藤さんは……まさか断られるとでも思っているのだろうか？　ほんの少しの不安を孕《はら》んだような声で言った。

「……開けてもいい？」

俺は半分夢見心地にこれを受け取って、佐藤さんに尋ねた。

「どっ、どうぞ！」

佐藤さんの許可を得て、俺はその小箱を、ゆっくりと開封する。

なんだか妙な予感があった。俺はこの小箱の中身が何か、すでに知っている気がした。

そして小箱の中身をその目で確かめた時、俺は……

「……ふふっ」

思わず、噴き出してしまう。

この反応は予想外だっただろう。佐藤さんは見るからに狼狽《ろうばい》した。

「えっ、押尾君、なんで笑って……？」

「さ……佐藤さん、このプレゼント、誰かからアドバイスしてもらって選んだでしょ？」

佐藤さんが、ただでさえ丸い目を更に丸くした。

その反応がおかしくてたまらなくて、俺はまた噴き出してしまう。

なるほど、これでアイツには「ふたつめの借り」ができたわけか。

俺は困惑する佐藤さんの傍ら、懐から今日一日温め続けていたそれを取り出した。

ソレは――佐藤さんが差し出してきたものと、全く同じ小箱だ。

「……あれ？　押尾君、それって……」

「――はい、俺からも佐藤さんへの誕生日プレゼント」

「えっ……？」

まさかのプレゼント返しに、佐藤さんはいよいよ困惑しきっている。

「え、誕生日って……私の誕生日はもう……」

「知ってる。五月一五日でしょ？」

「……う、うん……」

「ちょうど俺と佐藤《さとう》さんが付き合い始める少し前で渡しそびれちゃったから、せっかくだと思ってちゃんとしたプレゼント買ったんだ。だいぶ遅れちゃったけど……誕生日おめでとう、佐藤さん」

俺はそう言って、彼女へ小箱を差し出す。

佐藤さんは、それこそさっきの俺みたく半ば夢見心地のような顔でこれを受け取って、開封し、そして――

「……ふふっ」

彼女もまた、小箱の中身を見るなり俺が笑っている理由を理解して、噴き出した。

それにつられて、俺も笑いが堪《こら》えきれなくなってしまう。

もはや言うまでもないことだとは思うが、答え合わせをしておこう。

プレゼントの中身は、腕時計だった。

シンプルなデザインで、男女問わずどんな服にでも合わせやすい。ＣＷというブランドで、2万もあれば買えるぐらいの――

「お揃《そろ》いだね」

佐藤さんが左腕に腕時計を巻きながら、はにかんで言った。

「うん、お揃い」

俺はその台詞《せりふ》を繰り返しながら左腕に腕時計を巻き、堪えきれずにまた笑ってしまう。

「なるほど、佐藤さんがあんなにバイトしてたのってこれのためだったんだね」

「押尾《おしお》君こそそうでしょ」

「うん、カフェと掛け持ちしていろんなバイトをしたよ、浴衣も買いたかったし」

「私もそうなの、お化け屋敷でお化け役のバイトをやったって、押尾君にはまだ言ってなかったかな？」

「お化け役⁉　佐藤さんが⁉」

「もう死ぬかと思ったんだよ⁉　入って早々ツナちゃんが私のことを……」

俺と佐藤さんは夜空の下、お互いにこの腕時計を買うに至るまでの苦労の数々について語り、そして笑い合う。

お揃いの腕時計は、すでに次の電車が発《た》ったことを示していたけれど、まだまだ語りたいことは尽きなかった。

お互いの話は、笑いながら話すうちにほとんど忘れてしまったけれど、

「――来年もまた、この腕時計をつけてここにこようよ」

俺か佐藤さんのどちらかがそう言ったことだけは、確かに覚えていた。

もう一つの恋の話

前にも言ったかもしれないが、ただからかうだけのつもりだった。

だって、以前までのアイツなら絶対に俺の誘いに乗るはずなんてなかったのだから。

しかし、どうやらからかわれたのは俺の方だったらしい。

「何やってんだろーな、俺……」

青海《おうみ》町の駅前で一人、スマホをいじくりながら、独りごちる。

待ち合わせの時間から、すでに30分近くが経過しようとしていた。アイツが現れる気配は、一向にない。

「……アホらし」

アイツが来るはずないなんて、はなから分かり切っていたことじゃないか。

からかった、とかそういう話ですらない。アイツはただ、俺の冗談を冗談として流しただけ。

そんな冗談のために、わざわざ電車に乗って青海にまできた俺がバカなだけだ。

……帰ろう。

俺はスマホを尻《しり》ポケットへしまって、駅のホームへ向かう。その時、後ろからとんとんと軽く肩を叩《たた》かれた。

「あ？　なんだよ……」

少し不機嫌なせいもあったろう、俺は睨《にら》みつけるように後ろへ振り返って……

「……は？」

固まった。すぐには状況が呑《の》み込めなかった。

何故《なぜ》なら俺のすぐ後ろに、艶《あで》やかな浴衣に身を包んだ、一人の女性が佇《たたず》んでいたからだ。

俺は――恥ずかしい話、その女性にしばしの間見惚《みと》れてしまう。こんなこと普段ないはずなのに、どうしても彼女の浴衣姿から目が離せなかった。

彼女はそんな俺を見て、どこか勝ち誇ったような、それでいて引きつった笑みを浮かべ、たった一言。

「――またアタシの勝ちだな」

遠くの祭り囃子《ばやし》に混じって、ひぐらしの鳴き声が聞こえた。

了

漫画：鉄山かや
押尾君の場合
お、押尾君
これの——
映える撮り方
教えてくださいっ！
押尾君の初恋の人　佐藤こはる
映える
tutujiのアルバイト　押尾颯太
もしかして
パンケーキの
撮り方を教えて
ほしいってこと?
そ、そう!
そうなん
だけ…ど…
ああああぁ…っ!?
今めっちゃ
顔近かった…!
落ち着け押尾颯太…!!
バッ
佐藤さんだって
きっと恥ずかしいに
決まって……
……私、
写真撮るのが
ちょっとヘタだから。
塩
チラ…

脈ナシじゃん……
それならいっそ……
だったら、
――手伝うよ。
完全にやりすぎた――
ピ――……

佐藤さんの場合
映える撮り方…?
もしかしてパンケーキの撮り方を教えてほしいってこと?
そ、そう! そうなんだけ…ど…
どき
ああああぁ…っ! 押尾君の顔スゴイ近かった…!
どき
どき
やばい、今多分メチャクチャ顔赤い…! 冷静に、冷静に…っ…!
……私、写真撮るのがちょっとヘタだから。
塩っ…
…だったら、

——手伝うよ。
あああぁ
ああああっ
！！！！！？
はわわわわ

AGAGA

ガガ文庫

対応の佐藤さんが俺にだけ甘い3

かざみ

2020年9月23日　初版第1刷発行
2022年5月31日　　　第6刷発行

人　鳥光 裕

人　星野博規

大米 稔

所　株式会社小学館
〒101-8001 東京都千代田区一ツ橋2-3-1
[編集]03-3230-9343　[販売]03-5281-3556

ー印刷　株式会社美松堂

・製本　図書印刷株式会社

ted in Japan　ISBN978-4-09-451865-8